あの頃イイ感じだった女子たちと同じクラスになりました

Classmates with the Girls I Was Close to Loving

御宮ゆう

イラスト えーる

二階堂《にかいどう》麗《れ》美《み》
小学校卒業前に
引っ越してしまった幼馴染。
高校一年生の春、
涼太の通う高校に転校してきた。
Remi

「でもほんと、吉木君の顔見て安心した」

「じゃあ、二人だけの秘密だね」

花園《はなぞの》優《ゆう》佳《か》
中学時代に通っていた塾の同級生。
掴みどころがないマイペース女子。
Yuuka

柚葉《ゆずは》由衣《ゆい》
クラスの中心的ギャル。
涼太とは中学からの付き合いで、
気の置けない友人。
Yui

「あたし、何気に友達に
料理食べてもらったの初めてかも」

situation
幼馴染の家で。
「やっぱりまだワンチャン狙ってるわけ」

あの頃イイ感じだった女子たちと同じクラスになりました

御宮ゆう

角川スニーカー文庫
24338

ANOJO

Classmates with the Girls I Was Close to Loving

design work:中村晋弥(LUCK'A Inc.)　illustration:えーる

▽▽プロローグ

突然だが、女子とイイ感じになったことはあるだろうか。

俺は分からない。

イイ感じなんてものは、自分一人で決められることじゃないから。

ただ、もし判断材料が主観だけでいいのなら、俺は〝ある〟と答えるだろう。

同じように主観百パーセントでよければ女子とイイ感じになったと思う男子はきっと相当いる。

だけど次の問いが〝その時なにか進展しましたか？〟だったら、肯定できる男子はグッと絞られるに違いない。

かくいう俺も進展したことはなく、むしろ全て後退したといってもいい。

でも、相変わらず彼女は欲しい。

たとえ成績が悪くても、部活で活躍できなくても、その他特技が無かったとしても。

自分の存在を丸ごと肯定してくれる相手がいるということは、それらを全てひっくり返してしまうほどの力があるから。

しかし、高校生にもなれば嫌でも気付く。

イケメンでもなく、特技も無い。そんな俺のような人間は、女子に告白される確率がとんでもなく低いのだと。

つまり〝彼女〟は全てをひっくり返すほどの魅力を秘めていながら、何も持たざる人間は自ら行動しなければ手に入らない。


そう思い至った時、俺はイイ感じになったはずの過去を想起した。

もし、あの時イイ感じだと思っていたのが俺だけじゃなかったら。

もし、俺にアタックする勇気があったなら——何か変わっていたのだろうか。

考える度に後悔するのは、『イイ感じ』が『恋愛の第一関門』だからだ。


ああ、あわよくば。


かつてイイ感じになった女子と、また同じ時間を過ごせたら。

俺みたいな人間にも、まだチャンスはあるかもしれないのに。

それが高校生になった俺、吉木《よしき》涼《りよう》太《た》の憂鬱である。

▽▽一話 イイ感じとは恋愛の第一関門である

「あはは、吉木《よしき》マジ捻《ひね》くれすぎだって！」

「ひでえな⁉ 割と皆《み》んな考えてることだろ⁉」

目の前の席に座る柚葉由衣《ゆずはゆい》に、俺は思わず大きな声を上げた。

高校に入学してから一ヶ月。

五月初旬、朝のホームルーム前。

朝から恋バナを仕掛けてきた柚葉に、イイ感じの判断材料について話していたのだ。

柚葉にとっては、そう考えること自体が面倒らしい。

「えー、あたし本能で察するからな〜」

柚葉はまた小さく笑った。

柚葉由衣は学校中で人気のギャルで、この一年二組の中心人物。そして中学からの友達だ。

勿論《もちろん》、彼女とイイ感じになったことなんてない。

ライトゴールド髪のポニーテール、そして何より特徴的な菫色《すみれいろ》の瞳は、クラスへと華やかな雰囲気を放っているような錯覚をしてしまうほど。

フレンドリーかつ天真爛漫《てんしんらんまん》な性格で、男子恒例「誰が可愛《かわい》いか」論争で真っ先に挙がるのも柚葉の名前だ。

そんな超のつく人気者の柚葉とイイ感じになれる男子は、相当恵まれた才能がなければ難しいだろう。

柚葉は俺に向けて口角を上げた。

「イイ感じなんて、大体雰囲気で分かるくない？　考えるな感じろ。よーは本能！」

「ほんとかよ。じゃあ柚葉が本能でイイ感じって判断する時、何が起こってんだ」

「隣にイケメンがいるとか」

「くそったれ!!」

残酷なまでの即答に、思わず声を上げる。

イケメンは隣にいるだけで多くの女子とイイ感じという雰囲気を作れる。

俺は無意識にその答えを脳内から除外していたらしい。

女子がイケメンを選ぶのはある意味当然で、柚葉のようなトップカーストともなれば尚更だ。

元も子もない答えに、俺はかぶりを振った。

「やっぱり俺に彼女なんて先のまた先の話だ……」

「えー、そーでもないかもしんないじゃん」

「……どういう意味だよ」

柚葉はニヒヒと口角を上げ、俺の机に頬杖《ほおづえ》をついた。

人懐っこい笑顔に、思わず目を逸《そ》らしそうになる。

「楽しい時間が増えればそれでオッケーとか、色んな価値観あるし。そーいう意味じゃ、吉木モテてもおかしくないって」

反応できずにいると、柚葉はあっけらかんと言葉を続けた。

「あたしも今楽しーし？」

「う……」

最後の方は小声だったが、そのせいで余計にリアルだ。

こんなの健全な男子ならイイ感じだと勘違いしてもおかしくない。

だけど悲しいかな、柚葉は誰にでもフランクに距離を詰めていける童貞キラー。

ギャル特有の性格である柚葉に、俺は常に惑わされないようにする必要がある。

「嘘《うそ》だ、その手は食わねえぞ！」

「あはは、損な性格ー。別にあたしが嘘つく理由なんてないじゃんかぁ」

柚葉は愉快そうに言ってから、悪戯《いたずら》っぽい表情を見せる。

俺は息を吐いて、言葉を連ねた。

「理由なんてなくても、面白がってる可能性はあんだろ」

「確かに？」

「認めないで⁉」

柚葉は面白そうにケラケラ笑った。

彼女の本心は分からない。

だけどとりあえず、この時間を楽しんでもらえただけで一安心だ。

俺は息を吐いて、〝イイ感じ〟論争を纏《まと》めにかかった。

「とりあえず、イケメンは隣にいるだけでイイ感じになれるってことで」

「吉木は可愛い子隣にいても意識しないん？」

「この話纏めるのむずいな⁉」

キーンコーンカーンとチャイムが鳴る。

ホームルーム五分前の合図だ。

「ほーい」

柚葉はチャイムに返事をして、あっさり席から離れた。

椅子から腰を上げる際、ポニーテールの髪が揺れる。

フワッとシャンプーの良い匂いが漂った気がした。

柚葉が自分の席に戻っていくと、今度は男友達が入れ違いで座った。

柚葉に席を奪われていた身長百六十五・丸坊主系男子は、有野《ありの》健《たける》。

毎度席を奪われるタケルの反応はこちら。

「あったけー。今日も俺の席を使ってもらって光栄だぜ」

「だはは！」

俺のしかめ面に、タケルは愉快そうに声を上げる。

仲が良いからこそのやり取り。

柚葉由衣ともそうだ。

打ち解けた異性というのはそれだけで貴重な存在。

そう、総括すると高校生活は悪くない。

むしろ、この吉木涼《りょう》太《た》の人生の中で言うならかなり調子の良い方だと思う。

「相変わらず羨ましいわ、柚葉と定期的に喋《しゃべ》ってんの」

タケルは机に突っ伏すように寝始めた柚葉を眺めながら、羨ましそうに小声で言った。

「いや、まあ同じ中学だったから」

「嘘つけ、それだけじゃあんな喋れないっつの！　くそ、俺だって柚葉推しなのに。あーギャルにかわいーとか言われてぇ……！」

「おーい、さっきから欲望ダダ漏れだぞー」

「ずっと柚葉と喋ってるお前には分かるまいよ！　ったく、ほんとお前らイイ感じで羨ましいわっ」

ちょっと捻くれた表情になったタケルは、そのまま前方に向き直った。

……あまりにタイムリーな発言だった。

俺は誰にも聞こえないくらいの声で、ポソッと呟《つぶや》く。

「……イイ感じ、ね」

確かに俺は、柚葉由衣と二人で喋れる。

でもそれは、同じ中学からこの高校に進学したのが俺らだけだったからだ。

いくら柚葉から友達認定されていても、あのギャルと仲良い人なんて他にも沢山、それはもう本当に沢山いた。

中学の頃は柚葉と話す機会もあれど、グループでの会話が中心だった。

実際個人として仲良くなれたのは中学三年生になってからだ。

柚葉にとって、俺以外の同中の生徒と進学先が一緒の方が都合も良かっただろう。

そういった背景から、とてもじゃないが今のやりとりがイイ感じだったとは思えない。

……まあ、それでも俺にとっては柚葉と同じ高校で超絶ラッキーだけど。

この西台北《にしだいきた》高校に、そしてこの一年二組のクラスにあっさり馴染《なじ》むことができたのは柚葉のお陰。

容姿端麗で誰とでも分け隔てなく接し、男子から太陽に例えられる柚葉は、このクラスでもあっという間に中心人物になった。

そんな柚葉が度々喋りかけてくる状況は良くも悪くも影響が大きいが、結果的に高校生活が安定してくれた。

気の良いギャルが中心人物になった影響か、クラスメイトの大半も和気藹々《わきあいあい》な雰囲気で、今のところ人付き合いに苦労もない。
日常に一つ、漠然とした渇きがあるだけで。

——イイ感じ、か。

恋人を作るための第一関門でつまずく俺に、この先恋愛なんてできるのだろうか。
そう考えていると、柚葉がこちらを振り返った。
机の陰にスマホを忍ばせて、ちょんちょんと指でつついている。
まだ先生が教室に来てないことを確認し、スマホの画面に視線を落とす。
Yui『ちなみにあたしは楽しさ重視ネ』
バッと柚葉に目をやると、彼女は口元にニヤニヤと笑みを浮かべていた。
くそ、危うく今イイ感じ認定するところだったぜ。

◇◆

今朝の会話のせいか、今日の授業は何となく集中できなかった。
四時間目になってもそれは変わらず、俺は暇つぶしに視線を教室中に巡らせる。
中央付近の席に、柚葉のポニーテールがふりふり揺れているのが見えた。

前の女子とノート交換して何やら会話しているようだ。

彼女の言葉が脳裏に過《よ》ぎる。

――ちなみにあたしは楽しさ重視ネ。

……うん、あいつは楽しさ重視だろうな。

柚葉のような人気者は、目の前で起こる事象に理由なんてイチイチ求めない。

本能のまま楽しい方向に進む柚葉の人となりは、見ていればすぐに伝わってくる。

第二ボタンまで大胆に開けられたシャツに、薄紫のパーカー。

ライトゴールドの髪にネイルなど、自分の好きを突き詰めたファッション。

楽しさ重視の性格は外見だけじゃなく、言動にも表れている。

分け隔てなく打ち解けていく柚葉の姿は、いわゆるオタクにも優しい系ギャルそのものだ。

二組の教室が早々に明るい空間になったのは、柚葉がクラスの中心人物になったお陰。

一部の男子に〝太陽〟なんてあだ名がつけられているのは、その人望の結晶だろう。

「今日は九日だから、掛ける三で出席番号二十七番の人！」

先生の一言でいきなり現実に引き戻された。

教科書に顔を隠しながら、思わず苦笑いする。

気のせいじゃなかったら、あの先生今掛け算してたか？

殆《ほとん》ど理不尽にも近い指名をされたのは――

「はい」

水面《みなも》に雫《しずく》が落ちたかのように、静謐《せいひつ》な声が教室内に広がった。

俺はタケルに喋りかけそうになった口を急停止させた。

いつも彼女が発表する時は、クラスの空気が明確に変わる。

柚葉が皆んなの前で喋る時は和気藹々とした空気だが、それとはまた違った種類の空気感だ。

彼女の一言一句を聞いていたい。

そう思う生徒が多くを占めるからか、皆んなの挙動がシンッと静まるのだ。

クラスの日常生活でこの雰囲気を醸成するのは、多分彼女一人だけ。

「花園《はなぞの》さんね。じゃ、よろしく」

花園は茶髪ボブを軽く揺らして、立ち上がった。

花園優佳《ゆうか》。

中学三年生の時、俺とイイ感じだった（はず）の女子だ。

別々の中学へ通っていた俺たちだが、偶然塾が一緒だった時期があった。

結局もう一歩先へ踏み込めず、次第に疎遠になってしまったが。

俺と花園の通う塾が同じだったなんて、この高校では殆ど知られていない。今のクラスメイトは俺たちに交流があったなんて信じないだろう。

そんな思考を巡らせていると、花園は静かに言葉を紡ぎ出した。

「――彼の言葉を耳にして、不思議と私は満たされた。全てまやかしのように思っていた世界が、急激に彩りを取り戻し――」

先生からの指示は、物語文を読み上げるだけの簡単なものだった。

地の文一つ、セリフ一つが歌のように心地いい。

声量自体は静かなのに、不思議と耳によく残る。

喧騒《けんそう》の中でも聞き取れそうな、そんな魅力が花園の声にはあった。

「ありがとうございます。惚《ほ》れ惚《ぼ》れする声ですね」

花園の立ち位置を知ってか知らずか、先生は褒め称《たた》えた。

花園は頰を緩めて、静かにペコリとお辞儀する。

男子たちも別の意味で惚れ惚れしたように、花園に熱い視線を送っている。

……俺、本当にあの花園優佳と喋れる仲だったんだよな。

もはや自分でも俄《にわ》かに信じがたい。

花園と同じ高校だと知った時は密《ひそ》かに喜び、小躍りさえした。

こうして同じクラスになれたのも、俺にとっては僥倖《ぎょうこう》だ。

それなのに、いざ近しい環境に身を置いても全く話せていない。

花園が予想以上に周りから囃《はや》されて、近寄りがたい存在になったから。

……いや、違うか。

同じ高校に入学して、同じクラスになって、花園との本当の距離感を知ってしまったのかもしれない。

〝告白さえできれば付き合えたかも〟という俺の認識は、今や幻の可能性が高い。

塾は学校とは違うコミュニティであることから、共通の知り合いがグッと少なくなる。

だからこそ喋れていただけ。

それでも——本人に確かめるなんて真似《まね》さえしなければ、希望的観測が当たっているという線も少しだけ残る。

だから俺には、想像の世界がお似合いなのだ。

◇◆

国語の授業が終わると、皆《みんな》が殆ど一斉に立ち上がった。

そう、待ちに待った昼休みである。

昼休みを余すことなく楽しみたい勢がワッと喋り始め、教室が数十の声に包まれる。そして廊下も同様だ。

「ふう……」

俺の席は一番後ろの廊下側に位置している。

つまり出入り口から最も近い場所だ。授業中は先生と目が合いづらい最高の席なのだが、休み時間においては廊下の喧騒にも巻き込まれる微妙な席へ様変わりする。

教室内外へ用のある生徒が常に後ろを通り過ぎるのだから、落ち着くのも難しい。

「昼飯だー！」

タケルがとんでもなく大きな独り言とともに席を立つ。

タケルの背中越しには、柚葉グループも視認できた。

柚葉を挟むように立つ女子の二人も、軒並み他のクラスにいけば目立ちそうな容姿で、俺には些《いささ》か眩《まぶ》しい光景だ。

柚葉グループの三人が歩を進めて、俺の後ろ側に移動してきた。

気にせず机の中にある教科書を整理していると、椅子にガツンと衝撃があった。

「いって！」

「あーゴメ、またやった！」

振り返ると、柚葉がペロッと舌を出していた。

「お前、今月だけで何回目だよ！　さすがにワザとだろ！」

柚葉は俺の文句を聞くと、むくれて反撃してきた。

「はー、あたしの心配もしてくれてよくない!?　フツーにその席に座ってんのも悪いから！」

「規定の席なのに!?」

「細かい細かい！　だからモテないんだよ！」

「朝と言ってること違いますけど!!」

柚葉は「べー」と舌を出して、そのまま廊下へ姿を消す。

後から「夫婦漫才やめなってー」という女子の声が聞こえてきた。

柚葉との会話は、意外と周りの人と打ち解けるきっかけになったりする。

特に柚葉グループの面々がこのやり取りを微笑《ほほえ》ましそうに笑ってくれるのは結構嬉《うれ》しい。

今日のところはプラマイゼロってことにしておこう。

そう考えながら、タケルについて行くために弁当箱を用意する。

その時だった。

フローラルな香りが鼻腔《びこう》をくすぐった。

視線を上げると――前方から花園優佳が近付いてきていた。

「……うわ」

思わずくぐもった声が出る。

……花園は中学時代から少し大人びて、更に可愛《かわい》くなった。

同じクラスになってからまだ殆ど言葉を交わせていないのは、もしかしたらそのせいかもしれない。

つまらない分析をしている内に花園はどんどん距離を詰めてくる。

……まさか、話しかけてきてくれるのか。

花園との距離が数十センチにまで縮まった時、少しだけ期待した。

だが花園は俺の方を見ることなく、あっけなく横を通り過ぎる。

背中に僅かな風を感じて、すぐに花園の気配が消えた。

「……だよな」

そう小さく呟《つぶや》いた。

高校に進学してから、花園が声を掛けてきたためしはない。

俺と花園の関係性は、いわゆる疎遠というやつだから。

何かトラブルがあった訳でもない。

喋《しゃべ》らなくなったきっかけさえ些細《ささい》なものだ。

単にお互いの塾が変わって会いづらくなったのと、高校受験の忙しさが重なるという致し方ない理由。

俺は花園を追いかけるか迷った末、教科書の片付けに逃げた。

もう片付けは終わっていたのに、もう一度教科書を取り出して、また収納して時間を稼ぐ。

……俺のヘタレ。

自分から話しかけないと、花園との疎遠関係は終わらない。それは分かっている。

だけどその勇気を自発的に出せる性格なら、きっと既に話しているはずでもあった。

「よっしー」

今では俺と花園に交流があるのを知ってる人なんて殆ど皆無だし、急に話しかけたら嫌でも目立ってしまう。

「よっしー?」

だから、もう仕方ないのだ。

この思考回路が開き直りだと自認しながらも、いつまでも行動に移せない。

……これこそがヘタレの所以《ゆえん》というのも分かっている。

「ねえ、よっしーってば」

右肩をちょんと突かれて、俺は廊下の方を振り返った。

花園が廊下から顔をヒョコっと出して、こちらを覗《のぞ》き見ていた。

「……へ？　は、花園？」

花園は若干躊躇《ちゆうちよ》した様子だったが、再度教室に入ってきた。

両手には何故《なぜ》か沢山の書類が抱えられている。

「ごめんね。よかったら、職員室まで手伝ってほしいんだけど……」

「え、あー……おう。うん、おっけー」

俺はつっかえながらも二つ返事で了承する。了承できたよな？

俺の返事に、花園はホッとしたように頰《ほお》を緩ませた。

「ありがと」

「な、なんのなんの……」

……まじか。

高校に入ってから、初めて声を掛けられた。

この数ヶ月殆ど口を利いていなかったのに。

書類は先生からの依頼だろうけど、今は感謝しかない。

柚葉と小競り合いしなかったら既に席を立っていたかもしれないと考えると、あの金髪ギャルにも感謝したい気分だ。

席から腰を上げた時、心が浮き立っているのを自覚する。

何かの歯車が、再び回る気配がした。

◇◆

書類を先生に届け終わり、職員室からの帰路。

花園と並んで廊下を歩く。

それだけで見慣れた廊下がやたらと華やかに見える錯覚に陥り、俺は頭を横にブンブン振った。

落ち着け、俺。

一人で歩く時よりも視線を感じるのは、隣に花園がいるからだ。

皆んな花園のついでに俺も見ているだけで、俺単体が注目されている訳じゃない。

花園が注目されるのは当然だ。

隣を歩く俺だって、彼女をチラチラ見ずにはいられないのだから。

花園に視線を移しては、目が合いそうな気がした瞬間に前方を見る。

バカみたいにその動作を繰り返していると、ついに目が合ってしまった。

「えっ？」

「あ、ご……ごめん」

「どうして謝るの？」

「いや……なんでもない」

「……ふふ。変なよっしー」

花園がふわりと笑った。

ドキン、と胸が高鳴る。

……相変わらず抜群に可愛い。

柚葉がいわゆるギャル――いや、綺麗《きれい》系だとするなら、花園の容姿は彼女と対照的だ。

柚葉はその風貌から、時に他人を寄せ付けない雰囲気を纏《まと》ってしまう。

制服にパーカーを羽織るという尖《とが》ったファッションも俺は憧れるが、中学時代はそれであらぬ誤解を受ける場面もあったのも事実だ。

対して花園はおおらかな雰囲気を持ち、全男子が守りたくなるような愛らしさがあると評判である。

そういった話は恐らく花園本人の耳にも届いているだろうが、全く気取る様子がない。

周りにどう思われようが、花園は至ってマイペースに見えるし、時にアンニュイな雰囲気で、あまり人と話さない。

陽キャに分類される人とも殆《ほとん》ど喋らないので、男子からは学校の〝裏天使〟だなんだと囃《はや》され始めていた。

クラスの中心人物は柚葉由衣。

その柚葉に負けないくらい、実は花園もめちゃくちゃ人気なのだ。

中学の時から付き合いのある俺からすれば、人気が出て当然だと思う。

仲良くなったら意外と冗談とか言うんだからな、とドヤ顔したい気持ちも。

だけど結局、この二人きりの時間においても殆ど喋れてない。

今日を逃すと、疎遠関係がまた継続してしまう気がする。

かつてイイ感じになったというのは、もしかしたら俺の錯覚なのかもしれない。

しかし仲良く喋る時間があったのは確固たる事実だ。

今日声を掛けてくれたことから、きっとこれは俺の一方的な認識ではないはず。

そんな人とまた疎遠になるなんて、おかしいじゃないか。

沸々とそんな気持ちが湧いてきた時、花園がふわりと声を掛けてきた。

「手伝ってくれてありがと。一人じゃ重かったから、よっしーが来てくれて助かっちゃった」

「ぜ……全然大丈夫、こちとらガッツリ男子ですから。ていうか、花園一人だったら遅刻してたよなコレ」

「うん、よっしーがいなかったら初遅刻だったかも」

「花園を救った男と呼んでくれ」

「花園を救った男っ」

「そのまま呼ばれると恥ずかしいって！」

俺の発言に、花園はクスクス笑った。

その光景を見て、自分の胸にまた熱が灯《とも》ったのを自覚した。

随分久しぶりなのに、花園の空気感は全然変わっていない。

中学時代から、花園は独特の不思議な空気を持っていた。

だけど同時に、どこか陽《ひ》だまりのような暖かさも感じさせる。

心穏やかになるこの時間が、かつての俺は好きだったのだ。

……うん、これなら前みたいに話せそうだ。

「救われたことだし、これから日直の時は全部よっしーに頼っちゃおうかな？」

「それは勘弁してくれ！」

「えー、残念」

花園はそう答えながらも、目尻を下げた。

荷物持ちだって本当は今後とも全て引き受けて一緒に移動したいのだが、馬鹿正直に「これからも全部任せとけ！」と返事をしたらドン引きされそうで怖い。

だからそこそこ笑いもとれてリスクも回避できる答えを選択したのだが、いざ他の男子に頼んでいる姿を見たら絶対に後悔するだろう。

むしろ花園なら、引かずにノッてくれた線が濃厚だ。

……くそ、失敗した。

やっぱりその感覚を忘れるくらいには久しぶりなんだな。

俺は今、きっと空回りしている。

職員室のある南校舎を出て、一年二組のある北校舎へ移動する。

空腹の身としては結構な大移動だが、花園となるとお腹《なか》の空《す》き具合は全く気にならない。

周りの目だけは相変わらず気になるが、花園には目立つ存在という自覚がないのかもしれなかった。

北校舎へ繫《つな》がる中庭に差し掛かった時、花園はまた話しかけてくれた。

「よっしー」

「ん、なに？」

「よっしーって柚葉さんと仲良いけど、どうやって仲良くなったの？」

唐突な質問に、俺は目をパチクリさせた。

「え？　同じ中学だからだけど」

「それだけで仲良いんだ。すごい」

「いやいや、花園ならすぐ仲良くなれるだろ。人気者同士じゃん」

思わず本音が出た。

花園はすぐに「私は全然だよ」と否定する。

謙遜ではなさそうなところが花園らしい。

「まあ……だとしても、柚葉はいつでもウェルカムだと思うぜ。中学の時から勘違いされがちだけど、あいつ基本フレンドリーだし」

「でも柚葉さんっていつも忙しそうだし、話しかける隙ないよ。勇気も出ないし」

「あー……勇気出ない気持ちは分かるなー」

俺も中学の頃、一時期柚葉は怖い部類だと勘違いしていた。

馴染《なじ》むまで時間のかかる人は俺以外にもいるはずだ。

花園は意外そうな反応をした。

「気持ち分かってくれるんだ。よっしーコミュ力おばけなのに？」

「マイナスな方でな？　花園と初めて会った時も普通に緊張したし」

「ええ、私から見たらプラスの方だよ！　試合に誘ってくれたのだってよっしーだもん」

松ヤニの匂いが蘇《よみがえ》る。

俺たちが会ったのは中学三年生の春。

たった一年しか経《た》っていないのに、既に懐かしくもある。

俺はニヤリと口角を上げた。

「確かに、花園の方が緊張してたか。初対面の男子にハイタッチするとか、今考えたら全然花園らしくないもんな」

「わ、そんなこと言うんだ！　私なりに和ませるためだったのにっ」

「ははは、どーだろうなー」

「う……ほんとだもん。悔しい」

花園は控えめに頬を膨らませた。

……今の俺が勇気出ない相手はあなたですけどね、という言葉は胸にしまっておこう。

「まーとにかくだ。柚葉は色んな人と喋《しゃべ》ってるから忙しそうに見えるかもしれないけど、あいつは絶対気を遣わなくていいって言うと思うぞ」

柚葉なら十中八九めっちゃ喜ぶ。目をキラキラさせて花園に抱きつく姿が容易に想像できるし。

「そうじゃなくても、花園と仲良くなりたい人なんて沢山いるんだぜ」

「……そう言ってもらえるのは嬉《うれ》しいけど、全然そんなことないよ。私友達って少ない方だもん」

「え、そうなのか」

「うん。でも、よっしーがそう言ってくれるなら楽しみにしちゃおうかな」

「じゃあ骨は拾ってやる！」

「あれ、どっち？　私やっぱ友達になれない？」

花園は驚いた表情を浮かべ、また相好を崩した。

クラスでは省エネモードのようにあまり目立とうとしない花園だが、一対一だと意外に笑顔を見せてくれる。

このギャップにオトされた人は、既に何人もいるんじゃないだろうか。

俺自身、少し話すだけで心が動いてしまうのが分かる。

冗談を言う仲の男子が、俺の他にいないことを祈るけど。

「なんで柚葉と仲良くなりたいんだ？」

仲良くなりたい理由なんて、訊《き》くだけ無粋だ。

そうと分かっているものの、今は沈黙になるのが怖かった。

しかし、返ってきたのは予想外の答えだった。

「だって……よっしーって柚葉さんと付き合ってるんでしょ？　柚葉さんと仲良くなったら、こうしてよっしーとも話しやすいかなって思って」

「……はい⁉」

反射的に大きな声を出してしまった。

俺は花園を人通りの少ない場所へ促す。

校舎の陰に、ひっそりとベンチが設置されている。

周りに人目がないことを確認し、言葉を連ねた。

「めっちゃいきなりだな。……な、なんで？」

「あ、ごめんね？　全然深い意味はないよ」

冷静な声色で、すぐに釘《くぎ》を刺される。

俺は口を噤《つぐ》んで、少し冷静になった。

……なにやってんだ、落ち着け俺。変にテンパったらせっかくの時間が台無しだぞ。

「よっしー、せっかくクラスが一緒になっても全然話しかけてくれないんだもん。でも、それも彼女がいるからなのかなって」

花園は太陽の光が眩《まぶ》しかったのか、少し目を細める。

俺は今しがたの言葉を頭で反芻《はんすう》する。それくらい花園の言葉が意外だった。

……俺が話しかけない？　花園にはそう映ってたのか。

俺たちが疎遠になったのは、単に俺が話しかけなかったから。分かっていたつもりだったけど、まさか花園も気にしていたなんて。

「……つまりあれか、噂《うわさ》に気遣って話しかけてこなかった訳か」

「そうなるね」

「話しかけてくれたら誤解も解けたのに」

「そこまでして話しかけるのは違うかなって」

「ちょっとは気まずそうに言ってくれる⁉」

俺の反応に、花園は目を瞬かせた後、クスクス笑った。

「第一、その噂は柚葉も否定してただろ。知らなかったのか？」

「気遣って損した！」

「こっちのセリフな⁉」

俺のツッコミに、花園は「あははっ」と気持ちの良い笑い声を上げる。

まあ、笑ってもらえたら悪くない気持ち。可愛《かわい》い子に笑ってもらえるだけで、男子は一週間生きられる。

花園はひとしきり笑うと、微笑《ほほえ》んだまま口を開いた。

「そっかぁ。あの噂、やっぱり違ったんだね」

「そりゃな。あいつと俺じゃ釣り合わねえし」

「全然そんなことないよ」

「そんなことあるだろ」

花園は「ええ、うーん」と小首を傾《かし》げた。

……いちいち可愛いな。

未《いま》だに一動作に対してそう思ってしまうなんて。

「ん……顔なにかついてる？」

「いや、ついてない。ごめん」

いつの間にか凝視していたらしく、慌てて花園から視線を逸《そ》らした。

こんなにマジマジ見てしまうなんて、他の女子なら気持ち悪がられてもおかしくない。

つまり、それでもニコニコしてくれる花園は天使。そう思った時だった。

「じゃあ私に見惚《みと》れちゃったんだ」

「そう……じゃない！　久しぶりだなそのノリ！」

「ふふ。よっしーがフリーなら、またこういうのも許されるかなって。めちゃくちゃ冗談だから安心してね」

「めちゃくちゃ冗談……冗談の前に〝めちゃくちゃ〟がつくのって珍しいな……」

花園はまた少し頰《ほお》を緩めた。

そして、それは俺も同じ。

……久しぶりに冗談を交わしただけで、こんなに嬉しくなるなんて。

数秒待ったが、花園が喋り始める様子はない。

俺は沈黙が破られるのを待てずに、話しかけた。

「なあ、花園」

「え？」

「花園って前もたまにそういう冗談言ってたけど、クラスでは全然知られてないよな」

「あ……うん。知られてないね。人によっては不快に思うだろうし、ちゃんと控えてるよ」

「なんで俺にはそういう冗談言ってくれるんだ？」

「あはは、言ってくれるって面白いね。言われたいんだ」

「あ、いや……そんなことは」

花園はまた「冗談だよ」と笑った。

「塾って、共通の友達あんまりいないから。言いやすかったんだ」

「ああ……確かに。塾での噂ってあんまり学校には回らないしな」

「うん。良い環境だったな、あの塾」

花園は髪を梳《す》いてから、小さく口を開いた。

「私ね、よっしーのことは友達だと思ってる」

「え。ありがとう」

「うん。だからこういう冗談言っても、また仲良くできるかなって」

花園は両手を背中に回して、くるりと俺の前に躍り出た。

「吉木くんは、許してくれる？」

……なんだ、その質問。

そんなの答えは決まってる。

「許す許す」

「わーい」

花園はパチパチ手を叩《たた》いた。

小さな身体《からだ》が小刻みに揺れて、髪が靡《なび》く。

——少しだけ。

少しだけ、彼女の言動には思い出との乖離《かいり》があった。

……塾だけの付き合いだったし、そりゃ知らない一面もあるよな。

花園は数メートル先にあったベンチにトコトコ移動した。

校舎の陰に隠れたこのベンチは、教室の窓越しには視認できないはずだ。

そんな場所に、二人きり。にもかかわらず、花園はちょこんと警戒心なくベンチに腰掛

けた。

「あのー、お隣お邪魔しても……」

「どうぞどうぞっ」

花園は和やかな表情で、隣の席にポンと手をついた。

俺は五十センチほど離れた位置に、浅く腰を下ろす。

……逆に意識しているのが丸分かりか。

そう思い直し、今度は深く座り直した。

「久しぶりのよっしータイムだ」

「俺も久しぶりの花園タイム」

言葉を返すと、花園は「ふふ」と笑みを溢《こぼ》した。

この光景、誰かに見られたら勘違いされるだろうか。

それも悪くないと思いかけたが、柚葉との噂を流された時は中々に面倒事に発展しそうな気配を感じたので、やっぱり周りには気を付けておこう。

……にしても、花園が柚葉との噂を気にかけていたのは正直意外だったな。

「花園って、恋愛の噂話にあんま興味がないと思ってたわ。塾の帰りでも、俺が恋バナすることはあっても逆はなかったし」

「いきなりだね。全然興味あるよ？　人に訊かないだけ」

「へえ、なるほど。やっぱ花園も人間なんだな」

「ふふ、なにそれ。人間ですよ、ついでに可愛い女の子です」

「あんま自分で言うな？」

「えへへ」

中学の時、部活の試合を機に急接近した俺たちは、暫《しばら》くすると会話にこうした冗談を交じえるようになった。

初めてこの類の冗談を口にされた時は、内心喜んだのをよく覚えている。

実際可愛いので、今のは捉え方によっては冗談になっていないけど。

でも、冗談を言ってくれるのは嬉《うれ》しいことだ。

……ダメだ、他に冗談を言う相手がいるのかやっぱ気になる。

「花園は――か、彼氏いるのかよ」

「え、私？」

自然な流れでこの質問をできたことに、我ながら拍手したい。

俺の問いに、花園は目尻を下げた。

「どう見える？」

「いない」

「ひどい！」

花園はちょっと目を丸くして、口角を上げた。

「でも、さすがよっしーだね。私のこと解《わか》ってる。やっぱり、彼氏ってそう簡単にできないや」

「あはは。そりゃ、男子にとっての彼女だってそうだしな」

そう答えながら、心の中でガッツポーズをした。

高校に入学してから一ヶ月、既にチラホラ「誰と誰が付き合ってる」という話は出てきている。

ひとまず、花園に男はいない。

それが知れただけで今日学校に来た価値があるというものだ。

「よっしーなら、彼女だってすぐできるよ」

「だったらいいけどなー」

「できるできる」

……遠回しに〝その対象は私じゃない〟って言われてるような。

ハッとして、俺はまた冷静になった。

そもそも、俺はどんな答えを期待しているんだ。

過去に花園へ告白したことがある訳でもない。あくまで一方的にイイ感じだと思ってた
だけなのに。

確かに、花園との会話は相変わらず心地良い。

俺が中学で上手《うま》くいっていなかった頃の話だって、小学生の頃の心残りだって、花園は
殆《ほとん》ど知っている。

でも、それとこれとは話が別。

かつて何でも言えた仲だからといって、恋仲に繋《つな》がる可能性があったとは限らない。

何でも話せたのはお互いの学校が違うからという理由だけで、花園にとって俺がどれだけの存在だったのかも不明瞭なのだから。

「くそ。恋人作るのって、難易度高すぎるな……」

「分かるー」

「……人の心とか覗《のぞ》けたら楽なんだけど」

「ね。覗けない状態でどんどん恋愛してる皆《み》んなが凄《すご》いんだよ。むしろ私たちは普通だ！」

「そう思うことにするか……」

「うん。でも、よっしーは私と違うって思ってたから、柚葉さんとの噂《うわさ》に納得してたんだけどな」

俺の胸中など知る由もない花園は、こともなげに言葉を並べた。

今では──俺たちは何でも言える関係性かさえ分からない。

今の俺たちはクラスメイトで、花園は今日まで俺に話しかけてこなかったから。

俺にとって、幼馴染《おさななじみ》以外で何でも言える関係を築けたのは花園が初めてだった。

もしその仲に戻れたら、俺の高校生活は一気に薔薇色《ばらいろ》だ。

かつての関係性を今後も継続できるかどうかは、今この時間が勝負かもしれない。

「花園に昔も言ったかもだけど俺って、彼女とかできたことないんだ」

「確かに塾でも言ってたよね」

花園は口元に弧を描く。

「それなのに、柚葉さんみたいな女の子と喋《しゃべ》れるのはすごいよ。柚葉さんって、私でも緊張しちゃうもん」

「いや、だからあいつは同中なだけだし……その時の仲が継続してるだけだよ」

「じゃあ緊張とかしないいんだ？　イイ感じだね」

「全然。皆んなが思ってるようなこともないし、普通の友達よりも友達って感じくらいかな」

……何でも言える仲に戻りたいだけにしては、ハッキリ否定しすぎかもしれない。

これじゃまるで、花園に勘違いされたくないみたいだ。

花園は「ふーん」と返事をすると、ふと付け足すように言葉を紡いだ。

「よっしーって、素直だよね」

「花園とは元々こんな感じだったろ。どうせもう色んなこと話しちゃってるんだし」

「そっか、学校で上手くいかない話も聞いてたっけ。告白に失敗した話とか」

「古傷抉《えぐ》らないでくれますかね……」

俺が控えめに抗議すると、花園は自身の口元に人差し指を当てた。

「……じゃあ、これからも私たちの話は、二人だけの秘密だね」

彼女の言葉に、俺は目を見開いた。

……戻れるかもしれない。

共通の友達がいないからと明け広げに自分の意見を話してくれる花園に、胸中を曝《さら》け出していたあの頃へ。

「ありがたい。これからも沢山喋ってくれたら嬉しいわ」

「うん、もちろん。よっしーには、私も話せること多いもん」

花園は足をぷらぷらさせている。そして、一言呟いた。

「……よかった、よっしーがフリーで」

いつの間にか、二人の距離は近くなっていた。

いつの間にか、胸の高鳴りは酷《ひど》くなっていた。

暖かい風が吹く。

——もしかしたら。

もしかしたら、今日、それ以上も望めるのかも。

「……前は恋バナとかもしてたよな。たとえば俺が彼氏だったらとか、そういう話も」

俺の発言に、花園は足をぴたりと止めた。

「……あはは、懐かし。全然ないのになぁ」

「ひでぇな!?」

「だって、よっしーは友達なんだもん」

花園はこともなげに言ってから、続けた。

「それによっしーは、幼馴染さんが帰ってくるのを待ってるんでしょ？」

「それは――」

幼馴染。

四年前の記憶が蘇《よみがえ》る。

多分あれが、人生で初めて女子とイイ感じになった瞬間だった。

「――いつ帰ってくるかも分からないのに、ずっと待つわけにはいかないだろ。どうすんだジジイになったら」

「老夫婦の完成だ！」

「今からそのプランは立てたくないんですけど⁉」

花園はグッと両手に力を込めて、エールを送るポーズをした。

「よっしー。可愛《かわい》い女子なんて、世の中沢山いるんだよ」

「え？」

「恋愛頑張ってね。私、よっしーの恋路を応援してる」

花園はそう言って、ピョンとベンチから降りる。

そして一歩先へ歩を進めて、「ばいばい」と言って立ち去った。

陽《ひ》だまりのような、木陰のような、これまでの時間が幻だったような。

そんな不思議な気持ちに包まれる。

そして今しがたの会話を反芻《はんすう》すると、俺はあることに気が付いた。

……あれ。
今、もしかしてフられたのか？
少なくとも、俺が今更変な気を起こさないように牽制《けんせい》はされたような気がした。
生ぬるい風が頬《ほお》を撫《な》でる。
――中学で上手くいっていなかった頃の話だって、花園は全部知っている。
だけど、俺は花園のことをあまり知らないのかもしれない。
花園はそこまで自分の話をしなかったから。
今日は、一つのイイ感じに終止符が打たれた日かもしれなかった。

二話　かつてイイ感じだった女子

花園《はなぞの》優佳《ゆうか》との初対面は、中学三年生の春だった。

とある告白爆死の余波で、中学三年生になってから周囲から孤立し始めるという珍妙な状況になった俺は、学校以外の場所に心の拠《よ》り所《どころ》を探していた。

でもそれが塾ではないことは、当時の俺にとっては確かだった。

何故《なぜ》なら、塾はダルい場所だから。

何がダルいかって、全てが。

勉強しなくちゃいけないなんて百も承知。

勉強していた方が将来有利だなんて分かっていたし、それが分かっていない中学三年生なんていない。

それでも将来やりたいこともなければ、別に行きたい高校だってない。

強いて条件を挙げるなら、俺をフッて変な噂を流した女と一緒にならないことくらいだ。

そのために良い高校に進学したい気持ちはある。しかし、親は顔を合わせる度に勉強しろとうるさい。

それも親心なんだろうけど、やれと言われたらやりたくなくなるのが子供心。

親に払ってもらったお金を無駄するのは気が引けるが、だからといってお金の分勉強しないといけないという殊勝な意識までには繋げられなかった。

あー、もう。

講義後の自習に全く集中できず、視線を落とした時。

運命的なメッセージが、そこにあった。

「……ん」

長机に、小さな文字が書かれていた。

『ダルい』

可愛い筆跡にネガティブな一言。

そのギャップが面白くて、俺はちょっと口角を上げる。

……奇遇だな。

俺の気持ちを最も端的に表すとこうなる。

学校では人から避けられる。

サブコミュニティの塾だって義務的に通わされているだけで、だけど勉強も重要という理性から逃げられず、甘んじて環境を享受する。

うん、ダルい。

ただの一言に親近感を覚え、矢印を引いてから一言添えた。

『わかる』

次の日塾に行くと、なんと返事が来ていた。

『だよね笑』

返事が来たことに対しての驚きより、顔も知らない誰かと繋《つな》がったことへの高揚感があった。

一言でこんなに距離が縮まった気がしたのは初めてだ。

昨日と同じ席ということは、俺の前に座っていた人か。

俺が塾に行くのは週三程度だが、学年すらバラバラの自習室では誰が座っているのかなんて分からない。

学校も年齢もバラバラな人たちが通う塾。

この人は、俺が女子から避けられているなんて知らない。

だからこそ、気が楽だった。

『分かるよな。学校もダルいのに、なんでまた塾で勉強しなきゃいけないんだよって笑』

ついつい長文になってしまった。

ウザイか？

返事も来ないかもしれないな。

しかし予想は外れ、文字での会話はその後も続いた。

『そうそう。学校だけで何時間もあるのにね』

『まあ俺あんまり授業聞いてないけど』

『聞いてないんかい！　でも私も人のこと言えない笑』

『寝ちゃうんだよな……部活で疲れてるし』

『部活入ってるんだ。何やってるの？　寝ちゃうのは分かる笑』

『ハンドボール部！　寝ちゃうんだな、いつも夜遅いってこと？　俺も部活ない時はゲームとか漫画で夜更かししちゃうわ笑』

『ハンドボール！　珍しいよね？　うちの中学にはない部活だぁ。でも運動部な気がしてたよ笑　ちなみに私も夜遅くまで小説読んじゃう派』

次第に文章が長くなり、話題も増えていく。

矢印があらぬ方向へ飛んだり、たまにメッセージが一部消えて寂しくなったり。

毎度交わされるメッセージがいつの間にか楽しみになり、なんだか塾に行くのが嫌じゃなくなった。

広々とした自習室の端っこに、わざわざ歩を進めるのも悪くない。

文字から明らかに女子というのが分かるからかもしれないけど。

中二の冬、意中の女子にフラれてから俺の学校生活は灰色だ。

マシな時間は部活をしている間だけだったはずなのに、塾にこんな彩りが転がっているなんて。

『ハンドの試合、今度観《み》にくる？』

顔も分からない相手にそう言った。

多分、学校生活に唯一残ったマシな時間を、新しい彩りをくれた人に共有したかったんだと思う。


次の日、返事はなかった。


その次の日には、今まで溜《た》まったやり取りも消されていた。

……やばい、やらかした。

学校に部活以外の楽しみがない俺にとって、このダメージは大きい。

講師がこのやり取りに気付いたのか？

それとも相手が俺とのやり取りに嫌気が差したのか？

塾で誰がメッセージの相手か探し回るわけにもいかない。

連絡先さえ訊《き》かなかった自分を呪った。

だけど、一週間後。

『ごめん、返事できないまま先週休んでて！　行く行く、どこでやってるの？　名前教えておいた方がいいよね』

春到来。

モノクロの景色が彩り溢《あふ》れたものへと変移していく感覚。

彼女の名前は〝花園優佳〟というらしい。

綴《つづ》られた名前が、やたらと輝いてみえた。

そして——試合当日。

俺はとんでもなくドキドキしていた。

我ながらたった数ヶ月前に学校生活が狂うくらいのフラれ方をしたのに、よく懲りずに誘ったなと思う。

相手方も、最初のやりとりだけで、筆跡で俺が男子だと分かっていたはずだ。

だが期待されていたら困る。

試合に招待しておいて何だが、顔に自信がある訳じゃない。

そういう目的じゃないにしろ、ガッカリされないだろうか。引かれないだろうか。

様々な思考に囚《とら》われていると、ついにその時がきた。

「みっけ。十九番」

背番号を呼ばれて、反射的に振り返る。

暖かい春風が吹いた気がした。

まるで現実世界から浮いたような。

人形のように可愛い女子が、そこにいた。

「うん、十九番だ。吉木《よしき》くんだよね？」

「――」

「私、花園優佳です」

言葉を失った。

こ、この人が――

花園は目を瞬かせた後、少し慌てたように言った。

「あ、あれ。吉木くんじゃない？　もしかして今日の背番号ってランダム？」

「あ、いや、違う違う！　俺、吉木涼太《りょうた》っ」

しどろもどろになって言葉を紡ぐ。

花園はちょっと驚いた表情を浮かべてから、ホッとしたように頬《ほお》を緩めた。

「合ってるじゃん。いじわるした？　もぉ」

いや、待て、待て、待ってくれ。

〝花園優佳〟がこんなに可愛《かわい》い人だって聞いてない。

嬉《うれ》しい気持ちだってもちろん百あるが、役者不足という気持ちは五百だ。

「は、花園さん」

「うん。花園っていいます」

「ま……えっと、うん。もう試合始まるし、今日は楽しんでくれたら嬉しい」

待て待て、これプロ選手のセリフだろ、たかが中学生が何言ってんだ！

あまりの可愛さに頭が混乱している。

ツッコミどころ満載の言葉にも、花園は目尻を下げてくれた。

「うん、今日楽しみにしてたんだ。ＹｏｕＴｕｂｅで検索して、ハンドボールの試合とか色々見たの。ルールとかはまだよく分からないけど、吉木くんの学校を応援しておけば間違いないよね」

中学の練習試合。

三年生とはいえ、応援しに来てくれる異性なんて普通はいない。

なんて声を掛けたらいいか分からずにいると、「集合ー！」と号令がかかる。

うわ、まだ全然喋《しゃべ》れてないのに。

ここで試合後会えず、解散になったら最悪だ。

せっかく会うことができたというのに、ただ気まずさだけが残ってしまう。

どうか帰らないでくれますように。

そう祈りながら号令の方へ向かおうとすると、花園が「吉木くん」と呼び止めた。

「え？」

振り返ると、花園はちょっと迷ったような仕草を見せた後、控えめに掌《てのひら》を掲げた。

「試合、頑張って。終わったら、校門の外で待っていい？」

「お……おう！」

花園はニコッと口角を上げる。

ハイタッチすると、女子の感触が伝わってきた。

掌が熱を帯びる。

俺はこの試合、何でもできる気がする。

花園優佳との関係がイイ感じだと思うまで、そう時間はかからなかった。

◇◆◇◆

花園と出会った時と、牽制《けんせい》された時を交互に想起する。

久しぶりに喋ったその日にフラれた俺は、ダラダラ下校していた。

……俺、どこで間違えたんだろうな。

もしかしたら、無意識に遠回しのアピールをしたのを敏感に感じ取られたのかもしれない。

花園と久しぶりに喋れたのが嬉しくて、いつもの自分なら絶対にできないことをしてしまったが、結果としては最悪だ。

……また疎遠になるかもな。

こういう時は男とバカみたいな話をしながら帰りたいところだが、タケルを始めとした友達は全員部活勢なので一人ボッチだ。

そのせいで、花園との会話が嫌というほど脳裏で反芻《はんすう》されている。

あーコレ、またトラウマになりそう。

「いたー！」

後ろからギャルグループのワイワイ声が聞こえて、振り返った。

………金髪ギャルが猛ダッシュしてきている。

「突撃―――!!!!」

「うぉぉぉおおお!?」

受け止めようと両手を広げたが、時すでに遅し。

鎖骨あたりにとんでもない衝撃がして、それを逃すために必死に一周、二周とグルグル回る。

スケート選手並の回転を決めた後、柚葉《ゆずは》を丁寧に地面に降ろした。

ストンと降りた柚葉は、得意気な顔で親指を立てた。

「ディスイズ・ヨッシーアトラクション！」

「あっぶねんだよ何やってんだ頭おかしいのか!?」

「吉木運動得意じゃん、よゆーよゆー！」

柚葉はパシパシ肩を叩《たた》いて、振り返りざまに後ろのギャルズ二人へ向かってブンブン手を振った。

「今日あたし吉木と帰るからっ」

「オイ勝手に決めんなよ⁉」

「ダメ？」

「別にいいけど……」

「いいんじゃーん！」

柚葉が胸をツンツン突いてきて、何事もなかったかのように隣を歩き始めた。

このギャル、自由奔放すぎる。

柚葉グループのギャルズの視線を感じて暫《しばら》く黙っていたが、道を曲がった瞬間言葉を吐き出した。

「お前、こういうことするからすぐ周りに勘違いされるんだぞ⁉　皆《み》んなに付き合ってるって思われたの柚葉のせいだからな⁉」

俺の苦情に、柚葉はヘラッと笑う。

「にひひ、満更でもないクセに」

「満更でもないかは知らんけど喜んではないんだぞ！　お前みたいな太陽に巻き込まれる身にもなれ、いつか焼け死ぬんだからな！」

「どーどー、落ち着きたまえよどーてーくん。中学の時に助けてあげたのは誰だと思ってるー？」

「こいつ……！　それ言われると俺が強く出られないのを良いことに……！」

柚葉はケラケラと面白そうに肩を揺らした。

クラスの太陽と言われる所以《ゆえん》は、恐らくこの屈託のない笑顔。

愛想笑いではない本気笑いを、至る所で見せるからだ。

さっきまで落ち込んでいたのに、柚葉の笑顔につられて口角が上がったのを自覚する。

それが内心ちょっと悔しかった。

「吉木ー」

「なんだよ」

「さっき何か悩んでた？」

思わず目を見開いた。

柚葉はふざけた笑顔ではなく、思慮深い表情になっていた。

中学時代から、柚葉は人の感情には敏感なところがあった。

高校で同じクラスになったことで、より俺の感情が顕著に伝わってしまったのかもしれない。

……柚葉は面白半分で他人に吹聴《ふいちょう》するようなやつじゃない。

中学の時にも助けてもらった恩もあるし、教えるだけなら構わないだろう。というか、柚葉に相談できるのはありがたい。

「まあ、悩んでたな」

「やっぱ？　どしたの」

「えーと……この前の話なんだけど。以前イイ感じになったはずの女子にフら……牽制された気がしたんだよ」

「フーン？　吉木、今までの人生で女子とイイ感じになったことあったんだ」

「あるわ舐《な》めんなよ⁉」

「めっちゃ必死じゃん！」

ニヤニヤ笑いの柚葉に、俺は少し迷いながらも言葉を続けた。

「でも、イイ感じになってもそこから進展したことがない。……そのツケがきたって感じかな」

「なるほどネ。だから朝〝イイ感じ〟について真面目に語ってたんだ」

柚葉は合点がいったように、ポンと掌に拳を置いた。

……語ってたって思われてたの恥ずかしすぎるんですけど。

ええい、恥ずかしさついでに訊《き》いてやれ。

「なあ、教えてくれよ。柚葉なら、相手とイイ感じなのにこれ以上進めないって感じた時はどうすんだ」

柚葉は目をパチクリさせて、ニヤリと口角を上げた。

「グモン。そんなの壁突き破るしかなくない？　むしろ燃えるね！」

「あー……だろうな、お前ポジティブの塊って感じだし」

「誰が単細胞だって⁉」

「言ってねぇだろ！」

柚葉がポジティブな回答をするのは分かっていた。

それでもあえて柚葉から回答を引き出したのは――俺自身、一歩踏み出したいからなのかもしれない。

高校生になって一ヶ月経《た》った。

一ヶ月経って大きなイベントは〝柚葉との恋仲を皆んなから勘違いされて評判を落とされる〟、〝過去イイ感じになった花園に牽制される〟の二つ。

このまま何の行動も起こさなければ、大学生になっても、社会人になっても、きっとズルズル彼女はできない。それどころか、いずれ恋愛アンチと化してしまうかもしれない。

嫌だ、嫌すぎる。

人間、変わるのには勇気がいる。

だけど柚葉と自分が同じ意見と思い込むことができれば、それだけでいくらか勇気づけられる。

そういう意味では、柚葉に答えを聞けてよかった。

――イイ感じの壁なんて、突き破るしかないよな。

「よし。これを機に俺も、イイ感じを突破するために頑張ってみるわ」

そう言葉を紡ぎ出した。

何事も、変わるきっかけなんて作為的でいい。

自然に気持ちが湧き上がればそれがベストかもしれない。

だが自分を変えたい時に、タイミング良くきっかけが転がってくれているとは限らない。

だったら自分できっかけを作り出すしかない。

今しがたの発言だって、結果的に自分を鼓舞できればそれでいいのだ。

柚葉はキョトンとした表情で言葉を返した。

「フーン。ちょっと何言ってんのか分かんないけど」

「いいんだよ、俺だけ分かってれば！」

「へえ、そっか。まーあたし、吉木のそーいうとこ嫌いじゃないよ」

ライトゴールドの髪が揺れる。

「吉木ってめちゃくちゃ捻《ひね》くれてるようで実は真《ま》っ直《す》ぐだよね。ヘタレと思いきや、勇気のあるヘタレ的な？」

「さっきから褒め言葉として受け取っていいんだよな⁉」

柚葉は「うん！」とニッと笑い、親指をグッと立てた。

……それならありがたいけど。

「誰しもが柚葉みたいに自然に勇気が出るわけじゃないからな。持って生まれたエネルギーの総量が違うとでも思っててくれ」

柚葉は「勇気かー」と小首を傾《かし》げた。

まあ、柚葉にはピンとこないだろう。

俺みたいにゴチャゴチャ考えるのなんて性に合わなそうだし。

柚葉は傍《そば》にあった自販機でコーヒーを買って、プシュッと缶を開けた。

「具体的にイイ感じを突破ってどーすんの？　もーその子からはケンセーされたんでしょ」

「うーん。もう一回その人にいくっていうのじゃなくて、次の恋愛に備えて確かめておきたいんだよな。この前のは別に、今明確に恋心抱いてます！　って感じではなかったし」

「ヨッ負け惜しみ！」

「うっせー！　メンタルに致命傷は負ってないって話だ！」

本当に花園を心底好いていたのなら、今の柚葉のテンションについていけるはずもない。

当然落ち込みはするけど、来週には吹っ切れるレベルというだけだ。やっぱ再来週かもしれない。

柚葉はひとしきり笑った後、「そんで？」と続きを促してきた。

「まずはイイ感じについて、感覚値で理解する」

「ほおほお、分からぬ！」

「んーとな……そもそもイイ感じって基準は人それぞれだろ。だから俺みたいに一回自分の感覚に疑問持ったら、行動すんのも中々むずくなるんだよな」

失敗の可能性が上がれば、それだけで足踏みしてしまう。

恋愛に失敗したら、その前の関係性に戻るのは難しいと言われているから。

「イイ感じイコール〝好き〟じゃないからこそ、きっと理解しなきゃいけないんだよ。これぱっかりは周りの評価もアテにならないし、自分で感覚を摑《つか》むしかない。タケルから言わせたら、俺と柚葉だって未《いま》だにイイ感じに見えてるらしいし」

「へー、やっぱ吉木ってあたしのこと狙ってたんだ？　同時にオトそーとするとかそりゃケンセーされるわ、浮気者！」

「話聞いて？」

「だって吉木の話長いんだよぉ、マジどーてーの特徴網羅してるってー」

「今童貞は関係ありませんよね⁉」

柚葉は俺のツッコミに笑ってから、コーヒーをゴクゴク飲んだ。

ダメだこいつ、俺の悩みが大したことないと思うや完全に頭の電源をオフにしてやがる。

まあ、柚葉みたいに恋愛に何の苦労もないだろうトップカーストに理解しろというのが無理な話かもしれないが。

いや、コレに関しては柚葉が特別な気がしなくもないけどな。

「つまり、自分にとってのイイ感じがズレてないかを摺《す》り合わせするところから始めたいってことだ。まあ問題はその確かめる相手がいるかなんだけど」

俺が呟《つぶや》くと、柚葉は俺と同じことを考えていたようで言葉を放った。

「あー、あたし無理だかんねー。好きんなったらソッコー告っちゃえってタイプだし、繊細そーな考えとかしないモン」

「だろうなぁ。だから柚葉には元々聞けない話だよ」

「アッレー、ナンカそれはムカつくな!?」

柚葉はものすごく不満そうな顔をした。

俺は慌ててかぶりを振った。

「ごめんそういう意味じゃなくて。俺が過去にイイ感じって思った人に確かめないと、摺り合わせなんてできないだろ? 俺、柚葉とはなんもないし」

「……そーいうコト? 確かに吉木が直接訊ければ話早そーだけど。そーなると実際吉木に過去イイ感じになった女子がどんくらいいんのかが問題か」

「……多分三人。でも過去にイイ感じだったか、なんて訊けそうなやつは一人しかいない」

「へー、でも一人はいるんだ。マジ?」

「まあな。こっちも完全に主観だし、ぶっちゃけ訊くのにめちゃくちゃ勇気いるけど」

中学の時俺を木っ端微塵《こばみじん》にフッた女と、花園の二人を除外すると、イイ感じになったと思えるのはただ一人。

「あ、分かった。もしかしていつか話してた、転校してった幼馴染《おさななじみ》?」

「……俺結構あいつの話皆《み》んなにしてたんだな」

「あはは、前言ってた。でも、幼馴染だったら詰んだ説ない? 今その子遠くにいんだよね」

「詰んでない! 訊くだけなら電話とかでいけるだろ!」

唯我独尊の幼馴染。
だけど俺には優しかった幼馴染。
――絶対帰ってくるから。

アイツの言葉が脳裏に過《よ》ぎる。
でも、所詮小学生の戯言《たわごと》だ。
「……確かにアイツが帰ってくれれば、一番話も早いんだけどな」
そんなに都合よく、過去にイイ感じだったアイツが帰ってくるはずなんてない。
そう分かっていても、呟いてしまった。
言霊になって、現実に現れてくれないかと祈りながら。

▽三話　衝撃の転校生

「転校生がやってきまーす」

気の抜けた声で、羽瀬川《はせがわ》先生が日常を破壊した。

沈黙。

そしてチラホラ「おおっ」とか「まじか！」と声が漏れ、それを皮切りにクラスがガヤガヤとし始める。

五月といえど、クラスは既にグループが固まっているから当然の反応。

しかし俺は別のことで固まってしまった。

……まさかな？

いやいや、いくらなんでもそれはない。

柚葉《ゆずは》と話したのなんてつい先週の話だぞ。

確かに、幼馴染に繋《つな》がるはずの家電《いえでん》は何故《なぜ》か永遠に通じず、未だに全く話せていない。

それ故に幼馴染の動向は不明なのだが、この高校に転校してくるなんて宝くじより低い確率だろう。

ただの時期外れな転校生と考えるのが妥当。

……だとしたら、こんな時期に可哀想《かわいそう》だけど。

まだ見ぬ転校生を慮《おもんばか》っていると、坊主頭が振り返る。

タケルが俺の思考を代弁した。

「四月の転校だったらもっと良かっただろうになー。この時期に転校って、多分大分気まずいよな」

「だろうよ。でも冬に来るよりマシかもな」

「笑う、そりゃ地獄すぎだわ」

タケルは大袈裟《おおげさ》に溜息《ためいき》を吐《つ》いた。

そして、面白いことを思い付いたと言わんばかりのニヤケ面になった。こういう時のタケルはロクなことを言わない。

「吉木《よしき》が女子なら案内役したいって言ってたって報告していい？」

「一言も言ってねえよ、お前の口は週刊誌か！」

「ダハハ、ゴシップ好きではあるよな！」

その時、先生はパンパンと手を鳴らした。

すぐに喋《しゃべ》り声が止《や》んだ。

いつもより早く静かになったのは、これから自分たちの前に現れる転校生が待ち遠しいからか。

「今日の日直に案内役任せるわー。今日は誰だっけ、っと」

先生が振り返り、皆んなも黒板に書かれた名前に視線を移した。

吉木涼太《りようた》。

そこにあったのは俺の名前だった。

「吉木か。じゃあ吉木、一日二日くらい頼むわ」

「うぇぇ……はい……」

内心めちゃくちゃ断りたかったものの、こんなことで面と向かって断れるほど尖《とが》れてない。

タケルが前で肩を震わせて笑っている。

反応しようとすると、柚葉が前からジェスチャーを送ってきていた。素早く親指を空に走らせる動作だ。

俺がこっそりスマホを手に取ると、案の定柚葉からメッセージが届いていた。

Yui『幼馴染帰ってきたのカモ！』

……まさにさっきの俺が考えていたことだ。

もう一度柚葉に視線を移すと、彼女は頬杖《ほおづえ》をついてこちらにニヤニヤと笑いかけてきていた。

くそ、これじゃ良い笑いものだ。

「おーい。なんだ吉木、できるだろ？」

「はい……頑張ります」

「よしよし」

先生は満足げに頷《うなず》いた。

周りのクラスメイトも自分じゃなくて良かったと安堵《あんど》したり、吉木ならいいかと言わんばかり。

この二組では、早くもクラスでの立ち位置が殆《ほとん》ど固まっている。

俺をスクールカーストの概念に当てはめるなら、多分中の上くらい。

先週は花園《はなぞの》も俺のコミュ力が高いような発言をしていたし、周りにもそう思われているのかもしれない。

男友達はタケルを始め一定数いるが、何よりあの柚葉由衣《ゆい》と友達というのが皆んなをその認識にさせているのだろう。

さっきの柚葉のジェスチャーだって、きっとクラスメイトの何人かは目撃していたはずだ。

それでも直接的なやっかみを受けないのは、決して俺のカーストが高いからじゃない。

柚葉のカーストがクラス、そして学年でもトップ層だからだ。

先月柚葉と恋仲というガセ噂《うわさ》が回った時もそうだが、俺は人気ギャル・柚葉由衣という目立つ女子に引っ張られているだけの存在。

肝心の俺自身はというと、そんな周囲の認識に全く追いつけていないのが実情だった。

本当の俺は彼女なんて一度もできたこともなければ、イイ感じかどうかすら判別がつかない人間だ。

中学の時は、その認識の齟齬《そご》がきっかけでボッチを経験したくらい。異性との距離感なんて、イイ感じになった（はず）の過去の栄光を想起しては口元を緩め、次の瞬間後悔するくらいが関の山。

先週だってあの花園にフラれた男。……ボロボロすぎる。

「……くそ落ち込んできた」

「どうしたんだよ」

タケルが振り返ってきて、くつくつ笑った。

さすがにこの場では今の思考なんて口にできない。

「いや、まあ……転校生が女子だった時のことを考えると、今から緊張するなって話だ」

「緊張すんの？　意外だな」

「……やっぱ意外ってなるか。初対面の異性と喋るなんて、正直一番避けたいことだぜ。転校生が女子だった日には、その人には気まずい時間を過ごしてもらうしかない。ていうか今までそんなテンションじゃないし」

「だはは、まじか。女子だったら代わってやらなくも――」

「いやもはや女子とかも関係ない、そもそも一日二日の案内役なんて無理難題なんだ。〝今日は天気がいいね？〟とか、〝どこ中出身だっけ？　あーそっか転校生か〟なんてド下手な世間話をする光景を哀れに思うならそう、今すぐタケルに代わってほしい」

「ごめんって、まじごめん！」

俺の怨念めいた言葉の羅列に、タケルは慌てて前に向き直った。

くそ、逃した。

……とはいえ、面倒事でも引き受けなくちゃいけないのが、クラスでの自然な立ち振る舞いなのも分かってる。

タケルと話している間、先生は何か転校生について話していたが、完全に聞き漏らしてしまった。

「順序が逆になったな。じゃあ、入ってきてください」

先生の呼びかけに応じて、すぐに教室の扉がガラリと開いた。

皆んなの視線が一斉に注がれる。

俺も教室の隅っこから、ほんの少し背を伸ばして視線を投げた。

姿を現したのは——可憐《かれん》な女子生徒だった。

思わずこめかみをギュッと押す。

あー、終わった。

転校生、めちゃくちゃ女子だ。

転校生は緩やかな歩調で黒板前へ進んだ。

長い黒髪、淡いブルーのインナーカラーが清らかな川のように靡《なび》き、小さなピアスがキラリと光る。

歩き方一つ、前を向く所作、こちらに向き合う表情だけで教室内の雰囲気が彼女のための空気と化す。

転校生が、こちらを向いた。

大きな瞳に、雪のように白い肌。

絵に描いたような日本美人かと思いきや、鼻はスラッと高く、前髪は韓流《かんりゅう》トレンドのように立ち上げている。

血色の良い唇は僅かにふっくらしていて、スカートの下から視認できる太ももは健康的。キチンと着こなされた制服越しからも分かる大きな胸は、同い年にそぐわない雰囲気を醸し出している。

――う、わ。

日本美人、韓流アイドル、ギャル。

様々な要素を一身に集約させた彼女に、青春漫画ではヤジの一つも入るのだろうか。

ところが、現実はシンとした空気だ。

そしてこれは決してマイナスの沈黙じゃないのを、この場にいる人間は知っている。

皆《みな》んな彼女の一挙一動に注目し、男子の一部は既に笑顔を作って気の良い性格とアピールし始めた。

つまり、それくらい。

「二階堂麗美《にかいどうれみ》です」

その女子が、目を見張るほどの美人だったのだ。

しかし。

しかしだ。

俺は思わず目を見開く。

「……なっ⁉」

声を漏らすと、二階堂麗美がこちらを見た。

目が合う。

そして、彼女はこちらに大きく瞬《まばた》きをした。

「……あれ？　久しぶりね」

「お、二人知り合いか？」

二階堂麗美と先生の一言に、タケルが勢いよくグルンと向き直る。

クラスメイトたちの視線が一斉に降り注ぐ感覚。

先生の一言が無くても、静寂を破った俺たちの反応で皆んな察したはずだ。

「いや、あの、まあ……」

花園、柚葉との会話を思い出す。

俺の言っていた幼馴染《おさななじみ》こそ、二階堂麗美。

つまり、俺が人生で初めてイイ感じになった女子だった。

◇◆◇◆

縦横無尽に天翔《あまが》けるような、唯我独尊女。

男子とは殆ど口を利かず、女子にだって無愛想、行く先々で何かが起こる。

それが二階堂麗美という女だった。

「近寄らないでよ」

「気安くしないで？」

「男子とかほんとに気持ち悪い！」

告白に失敗した男子が逆恨みもできないほど冷酷かつ暴虐な返事。

小学校低学年とはいえ、男子が泣かされる光景は中々に衝撃的だった。

当然周りからの評判は良くなかったが、誰も直接言えないのは麗美という存在があまりに美しく、男女問わずに隠れファンがいる分、嫌うにも勇気のいることだったからだ。

そして二階堂麗美が唯一心を開く男子——それが俺だった。

もちろん、俺に何か特別な力がある訳じゃない。

理由は簡単で、幼馴染だからだ。

「あなたは別よ。だってずっと一緒にいるんだもの」

……麗美はそう言ってくれていたが、幼馴染じゃなかったら俺なんて見向きもされなかったに違いない。

小学校低学年から麗美は美形だったらしいが、それは後《のち》にアルバムを見返した際に分かったことで、当時の俺は彼女を同性の友達のように思っていた。

それが麗美に信用される要因として大きかったと思う。

人間なんて漏れなく信用できないというスタンスの麗美を、男子の遊びに誘って無理やり連れ回した。思えば、俺の人生で貴重な怖いもの知らずの時代だったかもしれない。

ゲーセンでメダルゲームをしたり、二人でオオクワガタを探す旅に出て、夜道に迷って危うかったこともある。

無謀な遊びも、麗美は非難することなく付いてきてくれた。

「あなた危なっかしいから、親から面倒みろって言われてるの」

麗美は時折そう口にしていたが、それにしてはいつも楽しそうだった。

俺から同性のような扱いを受けるのが、麗美には嬉《うれ》しかったようだ。

学年を重ねると、麗美はクラスのリーダーになった。

それはもうカリスマ性のあるリーダーだ。

唯我独尊な性格はリーダーシップへと変移し、他人を引っ張り上げることに長《た》けた中心人物になった。

そんな麗美を、俺が明確に女子として意識し始めたのは小学六年生の頃だ。

ショートヘアがセミロングになり、胸も少し膨らんで、スタイルのシルエットも変移した。

麗美の顔立ちに女性の魅力を覚え始めた頃、いつの間にか異性としても好きになっていた。

理由は外見だけじゃない。

多分俺は、身近にいた人間が大人になっていく過程にやられたんだと思う。

目を見張るほどの美人で、クラスのリーダー。

すっかり周りから囃《はや》される存在となった麗美が、変わらず接してくれたのも恋を加速させた。

だからといってどうすれば関係を進展させられるかは分からなかった。

というより、当時の現状に満足していたのだ。

同じクラスだった俺たちは放課後も毎日遊び、遠足などのイベントではお弁当のおかずを交換するのも当たり前。

麗美の友達が激増しても、俺は一番仲の良いグループに当然のように入れてもらえた。

麗美の友達は皆んな気さくで、俺よりもコミュニケーション能力に長けていた。

周りについていこうと必死の俺が、場を盛り上げようと「なんか太った？」というデリカシーの欠片《かけら》もない、今思い返せばゾッとするような冗談でいじっても、麗美は「そうかもね」と済まし顔で対応するだけ。

当然、二人の時に「どういうつもりよこのバカ！」と怒られたのだが。

彼女との関係性を周囲の男子から羨まれることも、疎まれることもあった。

他の男子への彼女の対応に、下賤《げせん》な優越感に浸っていたのは否定できない。

ただ麗美の発言力は既に相当なもので、彼女が懇意にする俺へあからさまな嫌がらせをする人は皆無だった。

片想《かたおも》いをし続けて、卒業式が迫ってきた秋頃。

いつまで経《た》っても告白できなかった俺に、とんでもないニュースが舞い込んだ。

「あの二階堂が、お前のこと好きらしいぜ！」

――麗美が俺のことを好いている。

噂《うわさ》なんて半分以上が早とちりかデタラメだし、特にあの麗美が他人に話すなんて考えづらい。

だけど俺は、あの憧れの的の麗美とダントツの仲。

それはもう本当にダントツに仲良しな男子という自負があったし、その噂を信じたいと思った。

「麗美、今日二人で帰るか？」

噂を聞かされた当日の放課後、俺は改まった誘い方をした。

誘われた時の麗美は、心なしかいつもより頬《ほお》が赤い気がした。

それは夕陽《ゆうひ》による錯覚かもしれないし、もしかしたら麗美に熱があっただけかもしれない。

だけどその光景は俺を一層奮い立たせて、告白の二文字が初めて明確に頭に浮かぶ。

「な、帰ろうぜ」

久しぶりの強引な誘いに、麗美は目を瞬かせる。

だけど彼女は、すぐに口元を緩めてくれた。

「いいわよ。二人で帰るのなんて久しぶりね」

「だろ？　ほら、最近グループばっかで全然二人にならないし」

「そうね。じゃあ、帰りましょうか」

二階堂麗美は俺が好き。

それにしては、いつも通りすぎる反応だった。

校門から出て、改めて見ても、いつも通りの麗美だった。

……噂は噂か。

落胆した想いが顔に出そうになった時、麗美は薄く口を開いた。

「せっかくだし公園とか寄る？」

驚いてその場で止まる。

何かに誘うのはずっと俺の仕事だったのに。

その誘いを殆《ほとん》ど全て了承してくれるのが麗美なのだが、そんな彼女から誘ってくるなんてめちゃくちゃ珍しい。

もしかしたらこれまでに数回しかないかもしれない。

「公園なんか行ってなにすんだよ？」

馬鹿みたいな返事をしてしまったと後悔した。

せっかく誘ってくれたのに、自らケチをつけるなんて。

俺の質問に、麗美は申し訳なくなるくらい真剣に考えてくれた。

「……確かに、何しよ。ブランコでもこぐ？　シーソー？」

小学校低学年の頃、よく二人で遊んでいた際のものばかりだ。

照れ隠しで思わず「ブランコとかシーソーとかガキの遊びじゃん！」と言うと、麗美はフンッと鼻を鳴らした。

クラスでは見せなくなってきた、ガキ大将の頃の表情だ。

「ガキで結構よ、今だってまだガキだし。涼太のことだし、久しぶりのブランコにビビってるだけなんじゃないの」

「なっ、んな訳ねえだろ！」

「久しぶりにやったら絶対楽しいから。……何でもさ」

麗美のムッとした表情は最後に小さく笑顔に変わった。

俺は「んだよ仕方ねえなー」と照れ隠しの返事をしながら、心の中で小躍りした。

何でもって言った。

今、何でもって。

言葉の裏には〝二人なら〟が隠されてる気がした。

浮き立つ俺にとって、公園までの道のりは一瞬だった。

ブランコを漕《こ》ぎながら、麗美が静かに言葉を紡ぐ。

「涼太ってさ、好きな人いるの？」

麗美からその話題になるのは意外だった。

麗美とは何でも喋《しゃべ》る。

だけど六年生になる頃から、なぜかその話題はお互いにしなくなっていた。

「……えっとな。……ちょっと待って、考えるからそっち先に言って？」

「……ヘタレ」

麗美はそう睨《にら》みながらも、次の瞬間には「うーん」と悩んだように空を見上げる。

「……好きな人はいないんだけど。気になる人はいるかも、くらい」

「おー。誰、誰」

胸が高鳴る。

期待か。それとも。

「バカ。名前言うとは言ってないでしょ？　ほら、次は涼太の番。言ってみて」

「はー!?　なんだよそれ！」

期待をくじかれてガッカリしたけど、追求するにも勇気がいるし、とりあえず返事をすることにした。

「俺かー。俺は……もっと一緒にいたいって思う人はいる」

麗美も答えを濁したし、これくらいの塩梅《あんばい》がいい。

つまんないってツッコまれるかなと思ったけど、麗美は意外にも口元を緩めるだけだった。

やっぱり、麗美の様子がおかしい。

「ふーん、意外。……そうなんだ」

麗美はそう言ってまた空を見上げた後、不意にブランコを強く漕いだ。

……あれ、何だこの空気。

鎖が擦《こす》れてキィキィ鳴る。

二人きりの公園。

二人きりの時間。

麗美のブランコはすぐに止まって、俺たち二人はその場で前方に視線を泳がす。

木々のさざめく音や、川の音。

沈黙の時間が、とても心地良い。

——イイ雰囲気な気がする。

今なら、いけるかも。

「麗美。俺さ——」

続きの言葉は出なかった。

面と向かう麗美の表情が、あまりにもいつも通りで。

不思議そうな表情でこっちを見る麗美に、俺は「卒業、嫌だな」とか続けて、誤魔化《ごまか》した。

すると麗美は寂しそうな笑みを浮かべ、「……そうね」と短く答える。

結局、そのまま麗美に告白できなかった。

一丁前に足がすくんだのだ。

告白に失敗したら、今みたいに喋れなくなる。

そんなありきたりかつ絶大な悩みを抱えて、暫《しば》く二人で帰る日が続いたものの、それ以上の進展はなかった。

告白という壁を突破できなかった俺に、麗美も普段通りで――その日がきた。


「転校？」


たった四文字、聞き慣れた単語。

それなのに現実味を感じられないほど、俺の思考は止まってしまった。

「うん。……ごめん。随分前から決まってたのに、結局言うの直前になって」

麗美は目を潤ませる。

その時、俺は理解した。

帰り道に誘った日、放課後の教室。あの時、麗美は泣いていたのだ。

顔が赤く見えたのは、泣いた後だったからだ。

「いや……その」

元気出せよ。また会えるだろ。

それを言ってしまうと、関係が終わるのを認めてしまう気がした。

「——絶対帰ってくるから」

麗美の目から、大粒の涙が溢《こぼ》れる。

それは馴染《なじ》みの場所から離れる哀《かな》しさか、クラスから離れる哀しさか、それとも……自分と会えなくなる哀しさか。

ほんの少しだけでも自分がその涙に含まれていると思うだけで、俺は満足できてしまった。

その後暫く、後悔し続けることになるというのに。

◇◆◇◆

「二階堂さんの案内役代わってくれん？」

「無理」

「そんな⁉」

ホームルームが終わるや否や、タケルの頼みを一蹴する。

麗美の席に目をやると、既に人だかりができていた。

女子ばかりで、男子はゼロ。

男子たちは各々の席で、麗美を囲む女子が捌《は》けるのを待っている。

とはいえ彼らが話しかけられるのは、次か、もしくは次の次の休み時間だろう。

俺は違う。

俺には話しかけなければいけないという、先生《かみさま》が用意してくれた義務《プレゼント》があるのだから。

すっくと腰を上げ、タケルの文句を聞き流して彼女のもとへ歩を進める。

麗美が引っ越す際、携帯の連絡先は交換しなかった。

連絡をして、疎遠になっていく過程が怖かったから。

だから、面と向かうのは卒業式以来だ。

「に——二階堂」

「あ、来た。久しぶりね」

麗美はそう言って、口角を上げた。

——うっわ、やっぱめっちゃ美人。

思わずそう呟《つぶや》きそうになった。

髪にインナーカラーを入れたり、ピアスをつけたりする人なんてこの高校には一人もいないのに、それが違和感なく似合うなんて凄《すさ》まじい。

昔のように素直に伝えようとしたけど、再会して早速アピールしているようにみられるのは避けたい。

何せ遠回しのアピールで花園にフラれたばかりだ。

それに、視線が胸元に吸い込まれそうでファッションを褒めるどころじゃなくなってきた。

……まじで、ちょっと成長しすぎだろ。

返事を待つ麗美に、俺は慌てて別の言葉を用意した。

「ひ……久しぶりだな！　びびったわ、いきなり転校してきて」

「あはは、だよね。連絡したかったんだけど、連絡先とか知らなかったからさ」

「そっか……家の電話にかけるのはちょっとハードル高いしな」

まあ、俺はこの一週間で五、六回電話しましたけど。

でも引っ越しのゴタゴタがあったのなら、出られなかったのも納得だ。

「そうそう。それに吉木君、SNSとかもやってないんじゃない？　関連アカウントとかに出たことないし」

「あー、まあ。SNSは最低限しかやってないな」

俺は端的に答えてから、思考を巡らせた。

……今、〝吉木君〟って言ったか。

麗美、結構他人行儀なんだな。

かつての麗美が俺を呼ぶ時は、親しみが込もった名前呼びだったはずだ。

だというのに、目の前の麗美は君付けかつ苗字《みょうじ》呼びになっている。

平たくいえば、変わってしまった。

……まあ、これが当然なのかもしれない。

俺だって今さっき、麗美のことを当たり障りのないよう苗字で呼んだばかりだ。

麗美についての最新の記憶は小学校の卒業式で、俺たちはもう高校生。

花園とも、半年のブランクで疎遠になったのだ。

時の流れは人を他人にしてもおかしくない。

それがかつて、イイ感じになったはずの幼馴染であっても。

こんな他人行儀雰囲気じゃ、イイ感じの摺《す》り合わせなんて無理そうだな。

「あのさ、今日は俺が案内役らしいから」

「知ってる。任せたわ、吉木君」

「お……おう」

記憶の中にいる麗美との乖離《かいり》に戸惑っていると、傍《そば》にいた女子二人が黄色い声を上げた。

柚葉グループの女子二人だ。

「吉木と二階堂さんって久しぶりの再会なんだよね、なんそれ素敵すぎない⁉」

「分かる――ウチが他の男子だったら、吉木が羨ましいったらありゃしないっ」

「そ、そんなんじゃねーって！」

慌てて言葉を返すと、女子二人は「そんなことあるー！」と更に盛り上がる。

まだあまり仲良くなれていない二人だけど、殆《ほとん》ど知らない人同士の色恋沙汰になんでこんなに盛り上がれるんだ。

いや、相手は柚葉とも仲の良い陽キャ二人。ということは盛り上げてくれてるのか。

内心感謝しながら「あんま茶化《ちゃか》すなよな」と窘《たしな》めたところで、麗美が言った。

「でもほんと、吉木君の顔見て安心した。転校先に知り合いがいるって、思ってたより心強い」

「そ……そっか。それなら良かったわ」

……正直、今の麗美にも緊張してしまう。

なんといってもこちらに微笑《ほほえ》む麗美は、記憶の中にいた彼女よりも更に百倍綺麗《きれい》なのだ。

俺はなんで麗美と同性の友達のように付き合えていたんだろう？

この年齢になれば、同じように接するのは土台無理のある話だということが分かる。

でも、一抹の寂しさがあるのも確かだ。

〝知り合い〟。

その四文字は、かつての期待を否定する単語だった。

……告白できなかったのなんて、もう何年も前。

その後に俺は一途《いちず》でもなんでもなく、ちゃんと恋愛してしまった。

お互いに約束を交わした訳でもないのだから、麗美だってそれは同じはずだ。

……だから麗美も、あの頃と同じようにもっと雑に喋ってくれたらいいのに。

こんな美人にただの知り合いのような対応をされたら、幼馴染など関係なく緊張してしまう。

それに、今の麗美を一度受け入れたら、以前のような仲に戻るのはもう難しくなる気がした。物理的に距離が離れているから喋《しゃべ》れないのと、建前の会話を交わす仲になるのと、どちらが嫌かという話。

俺は後者の方が嫌だった。

エゴなのは分かってる。

だけど麗美にも、あの頃の空気を思い出してもらいたい。

あわよくば、イイ感じになったはずの時間も。

「なあ、二階堂。小学校の頃と比べて、なんか変わっ――」

そう言いかけたところで、麗美は俺の言葉を遮った。

「吉木君、さっきは案内役引き受けてくれてありがとね。吉木君が引き受けてくれたの、廊下にも聞こえてた」

「それは大丈夫、日直だし。それより二階堂、やっぱなんか変わっ――」

「せっかくだし、今から案内してくれない？」

麗美はガタンと立ち上がり、先に廊下へ出て行ってしまう。

他の女子は戸惑ったような顔をしてこちらを見ている。

……おいおい、なんだってんだ。

もしかして何か不機嫌になること言ったか？

今一人にさせる訳にはいかないので急いで追いかけると、出口付近で待機していた麗美はピシャンと扉を閉めた。

「なあ、こんな短い休みじゃ案内する場所なんて全然ないぞ？」

「じゃあちょっと、そうね。一旦トイレだけ案内してほしい」

「その役目は俺で大丈夫ですか……？」

「いいから、早く行きたいの！」

「うわっ⁉」

グイッと袖を引っ張られて、一瞬で放される。

そのせいでつんのめりそうになったが、その勢いのまま麗美の前に歩を進めた。

無言で歩くと、すれ違う生徒たちは高確率で振り返ってくる。

花園の時よりも顕著だが、それも納得だ。

見知らぬ美女が見慣れた制服に身を包み、上履きを履いている光景は物珍しいに決まっているから。

生徒たちの視線に晒《さら》されながら、俺たちは終始無言だった。

気まずい思いに耐えながら、ようやく一、二分が経《た》って人のいない場所に入る。

トイレがあるのはこの先だ。

さすがに目の前まで送るのは忍びないので、俺はここで待機しておくか――

その時、視界がグワンッと揺れた。

後頭部に軽い衝撃があり、壁に押し付けられたと認識するまでコンマ数秒。

……あれ、なんか――懐かしい空気。

カチッと、記憶のピースがハマった。

「あなた、一体どういうつもり⁉　突然昔の話出すなんていじってる訳⁉」

そこにいたのは、紛《まご》うことなき。

あの頃の二階堂麗美が、そこにいた。

「え⁉　な、なにがなにが⁉」

麗美の豹変《ひょうへん》に、俺は仰天して素っ頓狂な声を上げる。

目の前にいるのは先程の麗美ではなく、記憶の中にいる麗美そのもの。

「とぼけないで、からかってるんでしょって！」

「か、からかってないわ⁉　ていうか、んなことする訳ないだろめっちゃ久しぶりなのに！」

「はぁぁ⁉　よく言うわね、小学生の頃なんて散々変なこと言ってきた癖に！」

その返事を聞いて、今までのゾッとするくらいセンスのない冗談が次々脳裏に浮かんだ。

苦虫を噛《か》み潰《つぶ》したような気持ちになる。

改めて思い返すと、あの頃の俺はイタすぎだ。

「ごめん。あの頃の言動、まじで悪かったと思ってる」

「……はい？　別に、今更そこを責めるつもりなんてないわよ」

麗美は怪訝《けげん》な表情を浮かべて、俺から手を放した。

「思ってたより勢いついちゃった。ごめん、痛くない？」

「い、痛いかもしれない」

「ほんと？　顔見てたら懐かしくなっちゃって、つい。ごめんなさい」

麗美は大袈裟《おおげさ》に後頭部をさする俺に、再び謝った。

……身体《からだ》の痛みなんて、本当はすぐに引いていた。

昔のイタさを思い出して気まずくなっただけだ。

沈黙の時間に、麗美は気まずそうに頰《ほお》を搔《か》いた。

「えっと……もしかして私、空回りしたかしら」

サラサラの髪が揺れる。

記憶にある麗美のどの髪形よりも長く、外側は綺麗な黒髪だ。

俺はかぶりを振った。

「いや、元はといえば俺のせいだからな。とにかく、冗談ならよかったわ」

「そ……よかったわ」

麗美は若干安堵《あんど》したような声を出すと、すぐ眉を顰《ひそ》めた。

「でもね、私も半分本気だったわよ？　だからまあ、おあいこ。せめてチャラってことにしてもらえれば助かるわね」

「何が違うんだその二つ。てかやっぱ本気だったのかよ」

「本気よ。昔の私ってほら、あんまり皆《み》んなから好かれる部類じゃなかったし。転校初日から昔の私なんて知られたくないの」

「あー……そういうことか」

「あなたなら何喋ってもおかしくないって思ってたけど、やっぱり警戒しててよかったわ。相変わらずね」

麗美はそう言葉を連ねた。

今の麗美は転校生。

もっともな心情を察することができず、俺は「ごめん」と項垂《うなだ》れた。

暫く待っても返事がなかったので、恐る恐る顔を上げる。

麗美は何ともいえない表情を浮かべていた。

戸惑っていると、麗美はすぐに口元を緩めた。

「……そんなにすぐに謝らないでよ。あなたこそ、なんか雰囲気変わったわ」

「いや、こっちのセリフだよ。そんな――」

――〝吉木君〟。

先程の対応が脳裏に浮かぶ。

「――丁寧な感じになって。昔はもっと、ぶっきらぼうな対応だったのに」

「……皆んなの前でって言いたいの？　この年で無愛想貫く方が骨が折れると思うけど。ていうか小六あたりから愛想良くなってたでしょ、さっきからいつの話しようとしてるのよ」

「それはそうだけど……」

縦横無尽に天翔《あまが》けるような、唯我独尊女子。

あの頃の麗美があまりに強烈なのだ。

小六の麗美はすっかり物腰も改善されていたのは勿論《もちろん》よく覚えている。

そうじゃなければ、いくら小学生といえどクラスのリーダーは務まらないし。

想起していると、麗美が小さく息を吐いた。

「こっちは転校生だし、無難な高校デビューをさせてもらいたい訳。だから今後も昔の話はしないでもらえると助かるわ」

「わ、分かったよ」

「復唱して？　皆んなの前で昔の話はしない」

「皆んなの前で昔の話はしない」

「……おかしい、素直すぎる」

「どうすりゃいいんだよ！」

疑いの目に抗議すると、麗美は僅かに眉根を寄せた後、何事もなかったかのように肩を竦《すく》めた。

「まあ、いいわ。なんでもかんでも本音言えばいいって年じゃないしね」

廊下にクラスメイトたちの賑《にぎ》やかな声が響いて、麗美は壁の向こうに視線を移す。

野暮《やぼ》な生徒たちが麗美を探しに来たのかもしれない。

「やばい、早速目立っちゃう。早く戻らないと」

窓から入ってきた風が麗美の髪を靡《なび》かせ、ブルーのピアスがキラリと光った。

周りの反応を気にした発言。

記憶の中より、中身も外見も大人になってしまった麗美。

俺はそんな幼馴染《おさななじみ》と、かつての空気感に戻れるのだろうか。

それに――高校生になった麗美は、あの日のことを覚えているのだろうか。

麗美は俺の視線が変わらないことに気付いて、小首を傾《かし》げた。

「……なに？　もう少し喋りたいの？」

「いや、そういうわけじゃなくて」

「そこを否定されると居た堪《たま》れないんだけど……」

麗美が目を細めて、俺は慌てて言葉を続けた。

「いや、その。二階堂が本音で喋らなくなったとしたら、なんかもったいないって思ってさ」

誰に対しても偽ることなく言葉を紡ぐ。

たとえ周りから疎まれていようとも、かつての麗美は俺の憧れだったから。

さっきから昔の麗美を想起してしまうのは、これが理由なのだろう。

「……ごめん。余計なお世話だよな」

俺の謝罪に、麗美は少し困ったようにしてから、口元に弧を描いた。

「……そうでもないわ。私、さっき一つだけ本音言ったし」

「え？　どこで？」

「うん。涼太、がいて安心したって」

俺は目をパチパチさせる。

「そ……そりゃ良かった」

詰まりながら言葉を返すと、麗美は少し頰を赤らめた。

「ねえ、本音言ったら照れるのやめてくれない？　こっちが恥ずかしくなるんだけど」

「普通に恥ずかしいこと言ってましたよ!?」

麗美は「うるさいわね」とそっぽを向いて、一足先に教室前の廊下へ歩いて行った。

俺は彼女の背中を眺めながら思案する。

——今、名前で呼ばれた。

こんなことで喜ぶなんて、我ながら本当になんて現金なやつだ。

……だけど。
あの時、俺と麗美はイイ感じになっていたのか。
近いうちに、それも確かめられるかもしれない。
いや、ちゃんと確かめたい。
そう思うには充分な材料だった。

四話　ギャルの主観

「どうだった？」

昼休み、タケルがニヤケ面で訊《き》いてきた。

麗美《れみ》の案内役に言及していることは明らかだ。

俺は弁当箱の蓋を開けて、いかにも面倒と言わんばかりの口調で言った。

「どうもこうもない。最初は上手《うま》く喋《しゃべ》れた気がするけど、すぐ他の女子に案内役取られたし」

「再会した女子に緊張するとかそういうの憧れるわー！」

「話聞けよ⁉」

そうツッコんだが、既にタケルはあらぬ妄想を始めているようだった。

昼食の場所は二組の教室ではなく、元視聴覚室。

今の視聴覚室は新設された東校舎に移動したので、ここは完全な空き教室。

タケルが友達のツテで鍵を拝借し、昼休みは俺たちだけの溜《た》まり場になっていた。

此処《ここ》にいるのは二人だけなので、こういう女子の話だってし放題だ。

「二階堂《にかいどう》さん、今頃うちの女子に囲まれて困ってんだろうなぁ。何かさー、ああいう鬼美人って雰囲気からして違うよな？　高嶺《たかね》の花《はな》っていうか、生きてる世界が違う感じ？」

「さすがに別世界ってことはないだろうけど……」

小学生の頃を想起しながら返す。

少なくとも麗美が一般的な家庭で育ったことは知っているつもりだ。

しかし、タケルはグワッと言葉を返した。

「だっる、俺知ってるマウントかよ。さすがやるねー幼馴染ってやつは！」

「いや、全然そんなんじゃねえって」

「まー俺らが知らない二階堂さんを知ってる訳だもんな？　俗世から浮いてるよーな美人が幼馴染とか、前世でどんだけ徳積んだんだよ羨ましい！」

麗美、初見の男子にこんなこと言わせるのか。

しかも相手は柚葉《ゆずは》推しのタケルだ。

さっきは麗美に昔の話を持ち出そうとしたのを強引に止められたけど、今思えば妥当な判断だった。

「今は高嶺の花みたいに思えるかもしれないけど、昔はオオクワガタとカブトムシを戦わせていましたよ」なんて、少なくとも転校初日にバラすべきギャップじゃない。

……麗美が心配したのはそこじゃないか。

「だからそんなんじゃねえよ。柚葉の時だってそうだけど、根も葉もない噂《うわさ》だけ立てられる身にもなってくれよな。入学してすぐに立てる噂じゃないだろあれ」

俺がぼやくと、タケルは弁当箱に伸ばしたお箸を止めた。

「えー、柚葉のやつは根も葉もあるぜ。入学し立てん時とか皆んな手探りな状況だろ？　そんな時にずっと二人で喋ってる男女とか、嫌でも目立つんだって。ましてや相手柚葉サンだぜ？　ザ・オタクにも優しいギャルの！」

「まあ……それはそうかもしれないけど」

初めての高校で、初めてのクラス。

顔見知りが柚葉しかいない状況下では、あのギャルと過ごすのが自然。だけど目立つのも確かだ。

絶対に目立ちたくないのであれば、柚葉との会話そのものが難しい。

「だろー？　まあうちのクラスって完全に当たりだし、結局噂も消えてよかったじゃん」

「……どう考えても俺じゃ釣り合わないから、消えて当然だけどな」

「うっわネガティブ。俺なら泣いて喜んで噂にあやかるのに」

そう言ってタケルは弁当をガツガツ掻《か》き込み、お茶で流し込んだ。

「ったく……」

分かりやすい性格のタケルは、話していて気楽だ。

余計な思考に陥りやすい俺にとって、なんの計算も要らない相手。

それを体現するように、タケルはポケーっと力の抜けた顔をした。

「つーか二階堂さん、まじで胸デカかったな……ちょっと刺激的すぎて、クラス替わるまでずっと見ちゃう気がする……」

「そこは分かりやすく見てたらダメだからな」

「分かってるって、マナー良く拝むから」

「マナー良くとは一体……？」

タケルはしばらく夢想に耽《ふけ》っていたが、ふと真面目な表情になった。

「でもさー、多分だけど二階堂さんって柚葉とは対照的だよな。二階堂さん、実は周りとそんなに絡みたくなさそうな気配した」

「そんな感じ出てたか？」

「いんや、ただの勘だけど。まー美人であの豊満スタイルだし、クソ男子への自衛かもな」

「……なんだ勘かよ。まあ強《あな》ち間違いじゃないかもしれないけど、お前もクソ男子に入らないようにな」

「きびしー！」

「妥当だアホ！」

昔の麗美といえば、休み時間に俺の席に来るか、机に突っ伏して寝ているかだった。

その頃の空気感が本人の仕草に残っていたのだろうか、タケルにもそれが伝わってしまったようだ。

とはいえ、昔は昔。

その後の麗美は、何年もクラスのリーダーになるくらい躍進している。

先程までの麗美を見るに、あの頃よりも更に人当たりは良くなっていたし。

その状況下でタケルの勘を認めるのは、幼馴染としてちょっと悪い気がするな。

「でも、少なくとも二階堂は良いやつだぞ」

昔は〝仲良くなれば〟、という枕詞《まくらことば》は外せなかった。

だけど今の麗美なら、タケルにそう評しても全く差し支えないだろう。

俺の返事に、タケルは目をパチクリさせた。

「まー……そっか、そうだよな。無意識に偏見で言っちゃってたわ」

「いやこっちこそ。強ち間違いじゃないとか言っちゃったし」

「ダメだよなーこういうの。さすがだな、裏表ない柚葉に好かれる理由が分かるってもんだわ。クソオ、お前には二階堂さんもいるのによぉ！」

「だから好かれてねえからやめろ！　てかそういう意味なら別に二階堂もいないっての！」

俺の返事にタケルは声を上げて笑った。

冗談ばかり口にするタケルとの関係性は、たまにお腹《なか》いっぱいになる気がしなくもない。

それでも気付けばタケルに喋りかけたくなっているのは、彼にこそ裏がないのが伝わってくるからかもしれなかった。

あっという間に弁当を食べ終わると、タケルは先に席を立った。

　タケルは週に何度か俺と弁当を食べるが、生徒会の仕事があるため昼休みの最後まではいたことがない。

「じゃー行くわ！　いつも通り鍵閉めよろしくな〜」

「おーう」

　タケルはヒラヒラ手を振って、ドアを開ける。

　途端に「うわあ!?」と間抜けな声を上げた。

　すぐに視線を上げると、彼の前に人が立っていた。

　ライトゴールドという名の金髪、スタイル抜群な容姿。

　クラスの人気ギャル、柚葉由衣《ゆい》その人だ。

　柚葉の胸は世界を救うとタケルは言っていたな。

　柚葉がタケルに向けて小首を傾《かし》げると、ポニーテールが揺れ動いた。

「ゆ、柚葉さ――！」

「ヤッホー有野《ありの》っち。吉木《よしき》いる？」

「い、いるよ中に。じゃあ……俺っ行くわ！」

「ほい、あんがとー」

　柚葉の軽い口調の返事に、タケルはドヒュンと退散する。

　入れ替わりで柚葉が入室してきた。

　柚葉は俺を見つけるなり、ひらひら手を振ってくる。

「あ、吉木みっけ。まだ昼飯中だったの、ゴメンゴメン、」

「柚葉。別に良いけど、柚葉が此処に来るなんて珍しいな」

珍しいというより、何なら初めてかもしれない。

噂を立てられる前は昼休みも一緒に過ごす可能性も残されていたが、今となってはだ。

柚葉は目の前に来て、俺をジッと見下ろした。

制服の上に羽織ったオーバーサイズ気味のパーカーは柚葉の特徴だが、よくよく見なくたって彼女もスタイル抜群だ。

シャツの第二ボタンまで開けられた胸元。

露《あら》わになった谷間には小さな黒子《ほくろ》が視認されるが、クラスの全男子が彼女の黒子を見たことがあるはずだ。

当たり前のようにスカートの丈も短いし、露出具合は間違いなくクラス一といえる。

そんな柚葉が口にする童貞というワードに、一体何人の童貞が陰でドキドキしたんだろう。

俺も最初童貞呼ばわりされた時、悔しさよりもドキドキが勝った。

人として負けた気がするので絶対に認めないが。

そんな邪《よこしま》な思考が浮かぶくらい、無言の時間が過ぎた。

柚葉が全然喋りかけてこないので、俺から話すことにした。

「ていうか、柚葉さ」

「ん？　どったの？」

柚葉は気の抜けた声で反応する。

こちらの力まで抜けそうになったが、言っておいた方がいいだろう。

「タケルがなんか喋ろうとしてただろ？　最後まで聞いてやってよ」

そう言うと、柚葉は目をパチパチさせて、心外そうに眉を顰《ひそ》めた。

「ハッ、普通に聞いてたじゃん。お礼だってちゃんと言ったし！」

「その前にタケルなんか喋ろうとしてたんだって。柚葉が俺がいるかって訊く前だよ」

ちょっと怖い表情だった柚葉は、珍しく動揺したように言葉を返した。

「マジ？　吉木探しにきて周り見えてなかったとかあり得る？」

「おーい、俺だって傷つくんだからな？」

「いやだって、そんなんそーとー好きとかじゃないとあり得ないし。……そっかー、あたし吉木のこと意外と好きなのかな」

「へっ」

「まーいっか！」

「まーいいの!?」

一連の発言に動揺したが、柚葉はこともなげに言葉を続けた。

「とりま有野っちには謝らなきゃだわ、あたし。教えてくれてあんがとね！」

「そ……そうしてあげてくれ、うん」

意外と好き。

そんなことを言っておいて、ここまで何事もなかったように振る舞う女子なんてこのクラスじゃ柚葉くらいだ。

俺が動揺したのがバレたら、また童貞呼ばわりされるところだった。

柚葉は自身の胸中をすぐ表情や言葉に出す。

本心による表情だと分かるからこそ笑顔が眩《まぶ》しく、天真爛漫《てんしんらんまん》な言動が際立っている。

見た目がギャルでも、男子から〝太陽〟と評される理由は多分コレ。

俺にとっても嬉《うれ》しいけれど、たまに心臓に悪い。

「てか、吉木こそさっき何の話してたの？　なんかあたしの名前聞こえた気がしたんだけど」

「さ、さっき？　柚葉は二階堂とは対照的だよなって話してたけど」

柚葉はパチクリ瞬《まばた》きした。

「……えぇぇ⁉　なにそれショック、あたし悪口言われてたってこと⁉」

「え⁉　あ、違う違う！」

柚葉は仰天したように抗議した。

別に悪口を言った訳じゃないので、馬鹿正直に答えることにした。

「柚葉ってほんとに誰とでも喋《しゃべ》れるだろ、二階堂は意外と近寄りがたい雰囲気あるよなって話だ！　あくまで雰囲気だけで、偏見よくないって話に落ち着いたけど！」

「ぐ……それならあたしのだって偏見かもしんないじゃん……でも悪口ではなくてよかった……」

「柚葉のは偏見じゃなくないか？　実際クラスが上手《うま》く回ってるのも柚葉のお陰だし」

「……そーいうことストレートに言ってくんのムカつく。そんなにおだてられたって別になんも思わないし」

そうは言いつつ、柚葉はフイっと横を向いた。

照れていそうだけど、言及しない方がいいだろうな。

タケルが見たら卒倒しそうなくらい可愛《かわい》い。

思わず見惚《みと》れていると、柚葉はふと思いついたようにこちらに向き直った。

「てか、二階堂さんって吉木の知り合いだよね？　二階堂さん、昔はどーいうタイプだったの？」

「あー、柚葉とちょっと似てるかな。クラスのリーダータイプ」

「ふーん。……じゃーさ、吉木ってあたしと二階堂さん、どっちの方が仲良い時期長いの」

「それは……さすがに二階堂かな」

「ハァ!?　この裏切り者!!」

「うおお!?　仕方ないだろ幼馴染《おさななじみ》なんだから！」

柚葉は俺の肩をガクガク揺らした。

中学時代、こうやって初めて触られた時は心を許してもらえたような気がして嬉しかっ

たものだ。

　このタイミングでそう思ってしまう俺って気持ち悪いかもしれない。

「今幼馴染って言った？」

　柚葉は驚いたように訊《き》いた。

　俺は柚葉に視線を返す。

　なんだかいつもの彼女と違う気がした。

　柚葉は俺の肩から手を離し、ジッと見つめてくる。

「な……なんだよ？」

　柚葉の険しい表情。

　人工的なライトゴールドの髪が陽光に反射して煌《きら》めいた。

　柚葉に限って「なんか二階堂ムカつく」なんて言うのだろうか。……いやいや、柚葉はそんなに性格悪くない。

　そう考えていると、柚葉は一気に好奇心を秘めた笑みになった。

「うっわ、待って……あたし気付いちゃった。もしかして、二階堂さんが吉木とイイ感じになった幼馴染ってこと？」

「……チガウ」

「アハハ、どーいう関係か質問しにきたのに完全に野暮《やぼ》だったじゃん！　マジ転校して来た時にラインしてよ、面白いとこ見逃したー！」

「話聞けって！」

　俺の返事に、柚葉はニヤリと口角を上げる。

「吉木さぁ、反応でバレバレだから。てか知らないんだ、異性の幼馴染が転校してくるってそんだけで恋愛始まるきっかけなんだよ。こーやって周りにバレていくのはむしろラッキーイベントだし、よかったんじゃん？」

「そうなのか……？　俺、アニメとか漫画でしかそういうの見たことないんだけど」

「あたしもそーだけど」

「それでよくそう思えたな⁉　現実はそんな甘くねえよ！」

　俺が盛大にツッコむのを横目に、柚葉はタケルが座っていた席に腰を下ろす。

　そして先程とは一転し、真剣な面持ちで口を開いた。

　このギャル、一体どういう情緒なんだ。

「先月とかあたしが沢山喋りかけたせいで、変な噂《うわさ》立っちゃったじゃんかぁ。あれで吉木と気まずくならないかけっこー心配だったんだよね」

「その割には今も普通に喋りかけてくるけど……」

「先週も言ったじゃん、あたし楽しさ重視で生きてるんだって。そーいう匂いするところに飛び込んじゃうワケ。てかなんであたしが吉木と喋るの我慢しなきゃいけないのって感じだケド」

　柚葉はブスッと口を尖《とが》らせる。

楽しさ重視。

これも柚葉がクラスの太陽と呼ばれる所以《ゆえん》だろうけど、彼女の興味が自分に向き続けているのは少し緊張してしまう。

自分という存在に中身がないことを、柚葉には見破られたくないのかもしれない。

「だから吉木が二階堂さんと幼馴染なんてホッとしたー。イイ感じになったとかその辺はおいといて、吉木が二階堂さんと沢山話してくれたら、あたしと喋っても目立たなくなると思うし」

「あー……そこを考えてくれたのか。その節はごめんな。柚葉だってあんな噂嫌だっただろうに」


——柚葉由衣の彼氏って意外に普通。

噂が回って最後の方はそう囁《ささや》かれ始めていた。

俺から見れば格上げの噂でも、柚葉に対しては格下げのような噂だったに違いない。

「なに言ってんの？　あたし噂くらいなんて事なかったから。吉木がナシっぽかったから否定しておいただけだし」

「う……優しさもそこまでいくと辛《つら》いものがあるぞ……」

俺の返事に、柚葉は口元を緩めた。

「マジだけど」

ジッと見つめられた。

透き通るような肌に、長く濡《ぬ》れた睫毛《まつげ》。

「……底なしの優しさだな。さすがクラスの太陽」

「……でしょ。あたしが吉木を照らしてあげるんだから」

「ははは」

柚葉との関係性。

仲が良いというより、特別気にかけてくれているというのが周囲の認識なのかもしれない。

だから、俺も――

「まあ、柚葉が言いたいことは分かったよ。二階堂と恋愛とかは無理だろうけど、昔みたいに喋れるようにはしとく。そしたら柚葉の友達として釣り合うだろうしな」

柚葉と本当の友達だと周囲に認められるためには、柚葉に追いつく何かが必要になる。

柚葉と喋る姿が嫌に目立ってしまったのは、釣り合いが取れていなかったからだ。

麗美の存在は、そういった局面でも助けになるに違いない。

もちろん、麗美との関係性においてそんな他意は一パーセント未満にしたい。

さっきは勢いで話せたが、今は色々理由づけしないと麗美に話しかける勇気が出ないのだ。

「……もー友達の認識だったあたしからのアドバイスいい？」

柚葉はジトッと目を細めて、ちょっと不機嫌そうに言った。

俺が慌てて「そういう意味じゃなくて！」と掌《てのひら》を合わせると、柚葉はフンッと鼻を鳴らす。

そして気を取り直したように、ニヤリと口角を上げた。

「あたしはねー。吉木と二階堂さん、恋愛だってノーチャンじゃないと思うんだよね」

「え。なんで？」

そう訊くと柚葉は、何故《なぜ》か誇らしそうにフフンと笑った。

そして確信があるといった様子で、人差し指をピンと上げる。

――柚葉の表情には懐かしい感覚があった。

小学生の頃に聞いた噂話、あれを教えてくれたやつもこんな表情をしていたっけ。

「昼休みになった時、吉木すぐに教室から出たじゃん？　二階堂さん、ずっと吉木を目で追ってたから」

噂が噂なら、主観も主観。

だけどそんな話を聞くだけで喜びそうになっているのだから、男子の単純さは女子の想定を超えているに違いない。

◇◆

羽瀬川《はせがわ》先生から終礼の終わりが告げられるとともに、教室にチャイムが鳴り響いた。

皆《みん》んなが続々と腰を上げる中、俺は座ったままチャイムの音を最後まで聞き届ける。

別にチャイムの音色に心地よさを覚えている訳じゃない。

久しぶりに幼馴染と二人で帰りたい俺にとって、これは必要な時間なのだ。

「麗美ちゃん、放課後予定ある？　ていうかインナーカラー可愛すぎ、ソレどこの美容院⁉」

「れみれみ、うちの部活見学来てよ！　バレー部皆んな仲良いし楽しいよ！」

こんな調子で麗美がワッと皆んなに囲まれる光景だって本来喜ばしい。

だけど待機中の俺にとってのみ、歓迎できるものじゃなかった。

「二階堂って苗字《みようじ》カッコいいよねー、どこ出身なの？　吉木君となんで知り合いなの？」

「確かに、二階堂さんって吉木となんか仲良さそうだよね！」

……うん、あの場から連れ出す勇気がない。

俺が目立つことなく麗美と下校できるのは、あの幼馴染が転校してきた今日だけなのに。

元々知り合いだったという名目がある今なら、俺が下校に誘っても誰も違和感を覚えない。

裏を返せば、今日を逃してしまうと好奇の視線に晒《さら》される可能性が高い。

柚葉との恋仲が噂された時は、柚葉の人望や、柚葉自身が真っ向から「あのさー、今流れてる噂全然ちがうカラ」と否定して終了した。

だけど麗美は転校生。

噂が面倒事に発展しないとも限らない。

「うーえ……最悪だ……」

麗美の周りに次々と女子が群がる様子に、俺は思わず溜息《ためいき》を吐《つ》いた。

柚葉と喋《しゃべ》ることで自然に麗美に近付く予定だったのに、あのギャルは終礼が終わるや否や俺の席へ駆けてきて「じゃー頑張って！」と言い残し教室から姿を消した。

花園《はなぞの》も当たり前のように一人で帰ったし、このまま麗美の席を眺め続けるのはどう考えても不自然だ。

……諦めるしかない、か。

そう考えた時、前の席のタケルが、カバンを肩に掛けながら振り返った。

「オイオイオイ、なんでお前が溜息吐くんだ。そんなに恵まれてるのによ！」

「一人で帰るのが恵まれてるなら、部活でエンジョイしてるタケルは超絶恵まれてるよ。エースになってんのはお前の努力だけど」

「あーそっち？　確かに、俺たちそこで採算取ってんだな！」

タケルは上機嫌に言った。そんなことで上機嫌になるな。

カバンに乱雑に教科書を入れながら、また一つ息を吐く。

「ねえ」

目の前に麗美がいた。

「なっ⁉ なんでこんな男臭いところに、タケルかと思っただろ！」

「俺に失礼だなそれは⁉」

前からタケルがクワッと言葉を挟む。

麗美の席に目をやると、群がっていた女子たちは皆んな好奇の視線を向けてきている。

この幼馴染《おさななじみ》には、全員の視線を集めているのを自覚してほしいものだ。

「吉木君の案内って、放課後もあるんだっけ？」

「え？ あー、ああうん。えっとなー」

テンパりかけた頭を何とか整理する。

そうか、俺には案内役という素晴らしい口実があった。

正直今日は案内役なんて仕事は殆《ほとん》どしてないし、昼休みだって別々に過ごした。

それどころか二時間目の休み時間からはクラスの女子が案内し始めて、俺の仕事なんてどこにも残っていなかった始末だ。

放課後の案内だって先生からお願いされた訳じゃない。

だがしかし、最速であの頃の仲を取り戻すチャンス。

何ももう一度イイ感じになる必要もないのだし、この機を逃すほどヘタレじゃないはずだ。

「なんだよ」

そうして意を決した途端、横からタケルが要らない助け舟を出した。

「放課後は案内とかいらないんじゃね？」

「うぉおい余計なこと言うな⁉」

タケルに噛《か》み付くような返事をして、慌てて取り繕う。

「た、確かに先生から案内はお願いされてないけどな。でも――」

「やっぱりそうなのね。案内とかないなら大丈夫かな」

「あっ、そう……だよな。ウン」

がっかりして言葉を返した。

よし、タケルを一生恨むことに決めた。再来年までおみくじが大凶になる呪いと、一生彼女ができなくなる呪い。

肩を落として、大人しくカバンを背負う。

しかし、麗美はまだ席の前に佇《たたず》んでいた。

「ん……どうしたんだ」

麗美は凛《りん》とした表情を崩さない。

しかし、やがてムズムズとした表情を浮かべ、口を開いた。

「……えっと。久しぶりに一緒に帰らない？」

「へ？」

素っ頓狂な声を出す。

麗美はクルリとこちらに背を向け、先に一人で廊下へ出る。

思わず振り返ると、タケルは口をぱくぱくさせていた。

タケルに向かってニヤけようとしたが、周りの目を気にして止《や》めた。

◇◆

二人きりで帰っていると、公園で告白し損ねた日を思い出す。

あの時の俺は失敗した際のリスクを考え、足が竦《すく》んでしまった。

……今思えば、それで良かったのかもしれない。

公園に行ったあの時には、麗美の転校は既に決定事項だった。

仮にフラれていたら、再会初日に二人きりの時間なんて気まずくて逃げ出していたに違いない。

だけど、それと今上手《うま》く喋れるかは別の話みたいだ。

さっきから全く気の抜けない空気が流れている。

互いが無言になってから、あっさり数十秒が経《た》った。

午前中は割と普通に話せてた気がするのに、一体どうしてこうなった。

校内だと二人でも喋れるのに、帰り道で二人になったら喋りづらくなる現象は一体なんなんだ。

──吉木と二階堂さん、恋愛だってノーチャンじゃないと思うんだよね。

……柚葉の発言が余計なプレッシャーになっているのかもしれない。

くそ、花園の時よりも緊張するぞ。

沈黙が何か喋れと急《せ》かしてくるみたいだ。

「ていうか、ほんと久しぶりだな！　何年振りなんだろ！」

思い切り声が上擦った。

だが麗美は気付かないふりをしてくれたのか、ツッコむことなく答えてくれる。

「何年振りだろ。小学校卒業以来ってことは四年かしらね。実際、ほんとに久しぶりだし」

「だ、だよなー」

「うん」

沈黙。

逃げ出して帰りたい。いや帰ってるんだけど。

二人きりに緊張する理由なんていくらでもある。

柚葉の発言によるプレッシャー。

それ以上に、帰り道という状況が告白未遂を想起させるのが理由として大きいのかもしれない。

多分、いや絶対そう。

これなら初対面の転校生と話す方がいくらか気楽だった。

「に、二階堂は今日一日どうだったんだ？　まあその、大した学校じゃないけどさ」

どういう立場なんだ俺。

自分の発言に死ぬほどツッコミどころがあるのは自覚できるのに、それを自覚するのは全部言葉にした後なのがしんどすぎる。

「え？　あ、まあ……良い学校だと思いますけど」

麗美は戸惑ったように数回瞬《まばた》きして、敬語で返してきた。

無理もない。

麗美の記憶の中にいる俺は、多分もっと饒舌《じょうぜつ》のはずだ。

怖いもの知らずだった幼少期や、人見知りが発動し始めた小四時代、何となく世渡りを摑《つか》み始め、失敗を重ねた小六時代。

麗美の前では、どんな時代でも変わらず自分を出せていた。

ここでぎこちない空気のまま解散したら、それが今後のデフォルトに落ち着きやしないだろうか。

そんな焦燥感も、緊張に拍車をかけてくる。

「さっきからどうしたの？」

ついに麗美が不機嫌そうに口を開いた。

「え？」

「涼太《りようた》、なんで私に緊張なんかしてるのよ」

「あ、あー……」

バレてた。

死ぬほどバレてる。

「本音言うと、さっきからかなり喋りづらいんだけど」

麗美は眉を顰《ひそ》めて俺を見た。

……そんな顔されたら、男が余計に緊張するのが分からないのかこの幼馴染は。

それが分からないから、その昔は男子に冷ややかな態度を取っていたのかもしれないけど。

麗美には、自分が元来唯我独尊が許されるほどの美人だということに気付いてほしい。

今ではそれに抜群のスタイルまでついてきて、もう私たち思春期男子には太刀打ちできません。

しかし悲しいかな、そんな反論を口に出す度胸があるならこの場で苦労していない。

「ご……ごめんなさい」

「はい？　違うわよ、謝ってほしいんじゃなくて」

麗美は小さくかぶりを振って、溜息を吐いた。

「ねぇ、どうしたら緊張解いてくれるの？　昔みたいに手でも繋《つな》げばいい？　別に、あなたなら全然良いわよ」

「余計緊張するからやめて!?」

確かに手を繋いだりした時期もあったが、小学生になる頃には殆ど卒業していた。

手を繋いでいたなんて、一体いつの話だ。オオクワガタ探しに行ってた時か。

手を繋ぐなんて、高校生になった今では特別な行為に他ならない。

この感じじゃ、麗美に男子と認識されているかも怪しいところだ。

……悲しいかな、そう考えると何とか喋れるような気がしてきた。

「やっぱ緊張してるの分かっちゃうんだな」

「分かるから言ってるのよ。気のせいだったらよかったのに、そうじゃないみたいだし？」

「無茶《むちゃ》言わないでくれって。緊張するもんは仕方ないだろ」

むしろ久しぶりの再会の当日に二人きりという状況で、普通に喋れる麗美のコミュ力が高いだけだ。

さっきだって初対面の女子たちとずっと和やかに喋ってたし。

まあアレは多少猫を被《かぶ》ってたけど、何にせよ幼馴染のコミュ力が著しく上がっているのは確かだ。

「だ・か・ら、緊張しないでよって。昔みたいに接してもらえる方が、私も嬉《うれ》しいんだから！」

「まあ……うん。じゃあ、そうするわ」

イライラし始めた麗美を目の当たりにして、とりあえず場をおさめるために返した。

だけど正直そんなこと言われても、意識的に直せるものなら苦労はない。

こちとら麗美が知らないだけで、実質告白に失敗してる身。

この調子じゃ、やはりアレをイイ雰囲気と捉えたジャッジも怪しいところだ。

そう考えていると、麗美は不満げにジトッと睨《にら》んだ。

「……あなた、今そんなこと言われてもって思ってたでしょ。顔すごく分かりやすいんだけど」

「え!? いやっその、こっちにも色々あるって思ってるだけであって！」

麗美は目をパチパチさせた。

しまった、余計なこと口走った。

「なに？　色々って」

「くう……」

過去に告白未遂をしました、なんて言える訳がない。

花園の例もあるし、今はあれがイイ感じだったかすらも自信がない。

でもこれ以上気まずい雰囲気になるのも嫌だ。

……もう深く考えるのはやめよう。

麗美を男子だと思え。

そうだ、相手はタケルだ。あれなんかムカついてきた。

「お前こそなんだよ！」

「うわっ」

「お前こそ今日ずっと変だったし、オオクワガタ見つけて俺よりはしゃいでたやつがいきなりオトナ女子気取ってお淑《しと》やかぶるなんて卑怯《ひきょう》だぞ!? 何が高嶺《たかね》の花《はな》だ、一体それで何人の男子オトしてきた! 何人に恨まれてる!」

「なっ……!? 緊張しないでって言っただけなのに、どうしてそんな悪口ばかり出てくるのよ!」

麗美は頬《ほお》を赤くしてこちらを睨んだ。

「うるせえ! 俺だって色々必死なんだよ!」

「はあ、必死……?」

不意に吹いた風が、麗美の前髪を微《かす》かに動かす。

怒涛《どとう》の返事をめちゃくちゃ後悔しそうになった瞬間、麗美はしたり顔になった。

一歩距離を詰めて、肩が触れ合うほど接近する。

高校生の距離ではなく、四、五年前のそれだ。

麗美は俺の肩をトンッと肘で突いた。

「ははん、言わんとしてることは大体分かったわ。そういえば涼太って昔から肝心な時にはヘタレだったし、久しぶりの私にどう接したらいいか分からなくて緊張してるのね? 小学生の頃はあれだけ私をいじってたのに、内弁慶ここにあり。相変わらず情けない男ね」

麗美はサラッと毒舌を並べてきた。

低学年の頃、周りのはしゃいでいる男子に容赦なく「くだらない」という言葉を浴びせていた頃の彼女だ。

こうして毒舌を目の当たりにすると、連鎖的に記憶が蘇《よみがえ》ってくる。

懐かしい、乱雑なやり取り。

この不貞腐《ふてくさ》れたような麗美の顔も、今まで何度見たことか。

暫《しばら》く無言で歩いて、もう一度横に視線を移す。

麗美の表情は不満から不安へと変化していた。

「……ねぇ、ちょっとは反応してくれるかしら。そんなに嫌だったなら…………謝るけど」

「あ、ごめん全然嫌じゃないぞ。その通りだし、二階堂は実際元々毒舌だったから違和感もない」

俺の発言に、麗美は目をパチクリさせた。

「や……ややこしい態度取らないでくれる⁉　ていうか昔からコレで話すのも涼太の前だけなのよ、私だってマトモになってからは柔らかくなってたでしょ！」

「おお、やっぱこのノリならなんか喋《しゃべ》りやすいな。懐かしい、小学生の二階堂！」

「急にキラキラしないでよ、ていうかその言い方なんか気持ち悪い！」

「あはは」

うん、恋愛感情を自覚する前のやり取りなら問題なさそうだ。

麗美はゲンナリとした表情を見せて、諦めたように溜息《ためいき》を吐《つ》いた。

「ったく……普通の会話は難しいのに、この感じならいけるのね」

「そうみたいだな。これからも昔みたいによろしく頼むわ」

「昔すぎるのよ、この口調もほとんど卒業してたのに……これじゃないと普通に喋れないなんて、あなたって全然変わってないのね」

麗美の言葉に、俺は目を瞬かせた。

「……悪かったなガキのままで。俺だって色々変わろうとしたけど、上手《うま》くいかなかったんだよ」

ポロッと本音が口から漏れる。

この季節には珍しい、カラッと乾いた風が吹く。

俺の反応に麗美は目を瞬かせ、控えめに頬を掻《か》いた。

「……ううん、逆。中身変わってなくて安心したわ。涼太に雑に扱われるの、結構好きだったし」

「……麗美ってそんなに雑に扱われたかったのか？」

「調子に乗るな」

「ごめんなさい！」

あの頃のような、おどけた声が出る。

すると、麗美は目尻を下げた。

「涼太、やっと私の名前呼んだわね」

それは教室では見せたことのない、親しげな笑みだった。

四年ぶりの再会。

……これだけ時間が経《た》ったのにもかかわらず、こんなにもすぐに前のように受け入れてくれる相手。

俺が幼稚園に馴《な》染《じ》めない時も、小学校で馴染めない時も、いつも傍《そば》には麗美がいた。

「俺がお前の名前、呼んでもいいのかよ」

「当たり前でしょ。まあ、二人きりの時だけの方がありがたいけど」

「……麗美」

「はい。改まって名前呼ばれるのはなんか恥ずかしいわ」

「照れてる？」

「照れる訳ないでしょ。バカじゃないの」

麗美は肩を竦《すく》めて、冷たく返した。

それでも先程接近してからそのままで、友達の誰よりも至近距離だ。

「……ありがとな。お陰で昔の空気感思い出せたわ」

「いいえ。涼太は根っからデリカシーないんだし、戻る分には簡単でしょ」

「今良い感じに纏《まと》まりかけてたのに！」

麗美はプッと吹き出した。

俺は前に目をやって、小さく口角を上げる。

緊張はすっかりほぐれたのか、一気に視界が広がった。

通学路の光景が、いつもより色彩に富んでいる気がする。

……きっと明日から、元の仲に戻れる。

俺はそう直感した。

「じゃあ私、そろそろ新しい家に着きそうだから。今日はありがとね」

「うん。俺何もしてねえけどな」

「それはまあ、あなたはデリカシーを捨てただけだし」

「うるせー！」

「あはは」

麗美は気持ち良さそうに笑って、三叉路《さんさろ》の前で立ち止まった。

左側は大通り、中央は公園、右側は住宅街へ繋がっている。

この道を通る大抵の生徒は左側で、麗美が昔住んでいた家も此処《ここ》を左側だった。

「あれ、麗美は左側だよな？」

「ううん、今は右よ」

「へ？」

俺は呆けたような声を上げた。

右側の住宅街は車や自転車の通り抜けることができないドライバー泣かせの道であり、そちらへ進むのはこの辺りの住民しかいない。

「前の家はもう更地になっちゃったから」

「あ、そうか。そうだったな」

麗美が引っ越しした後、更地になってしまった土地を暫く眺めたのは今でも記憶に残っている。

麗美は苦笑いして、ヒラヒラ手を振った。

暫くしても俺がその場で佇《たたず》んでいたので、彼女は目をパチクリさせる。

「なに。送ってくれるの？」

「いや、まあ……」

返事を濁らせると、麗美は小首を傾《かし》げた。

しかしそれ以上は気にした様子も見せず、また二人で歩き始める。

暫く無言の時間が続く。

俺は密《ひそ》かに胸を高鳴らせていた。

麗美の申し訳なさそうな視線は、次第に訝《いぶか》しげなものに変化する。

「ねえ、いつまでついてくる気？」

ついに不思議そうに言われた時、俺は確信していた。

気付いていないのは麗美だけだ。

「なあ、麗美」

「なによ」

「俺の今の家、麗美ん家《ち》の隣だ」

麗美は大きな目を点にした。

それから数秒フリーズした後、こう叫んだ。

「ふっ、ふざけないでよ⁉」

あのー、柚葉さん。

これのどこが脈アリなんでしょうか？

五話　脈アリの女子

二階建ての一軒家。

閑静な住宅街に建つこの吉木家《よしき》は、特別狭くもないが決して広くはない、ごく一般的な間取りだ。

変わってることがあるとすれば、兄妹格差か。

兄の俺、六畳一間。

妹のセイラ、十畳一間。

昔は同じ部屋だったのに、引っ越してから数年。今年中学三年生になったセイラは、俺が部屋に入るたびにあからさまに嫌な顔をする。

「なんだよその顔。俺ノックしたのに」

「無視したってことは入らないでってことなんだケド？　夜は休む時間なの、お兄ぃ《に》にとってはこれからなのかもしれないけど」

「まだ八時だろ？　そう言うなって、大変なことが起こったんだ！」

セイラは俺とは全く異なる、大きな瞳を向けた。

実に興味無さそうな表情だが、予言しよう。コイツは三秒後に腰を抜かす。

「聞いて驚け。麗美《れみ》が帰ってきた！」

「知ってる」

「なんでぇ⁉」

自分の部屋より一回り広い妹部屋にて、俺は声を荒らげた。

「おまっ、あいつが戻ってくること知ってたのかよ！」

「知らないのはお兄ぃだけでしょ。お母さん、麗美ねぇのママとずっと電話してるじゃん」

セイラはモデル雑誌越しに顔を顰《しか》めて、盛大に溜息を吐いた。

短パンと太ももの間からは見たくもないパンツがガッツリ露出しているが、教えると怒るんだろうな。黒髪ショートの毛先は、覚えたてのようにクルンと巻かれている。

中三に進級したばかりのくせに、兄に向かって呆《あき》れたような声色で返事をしてくる生意気ぶりだ。

しかし全てがとうの昔に慣れっ子の俺は、ゲンナリしながら言葉を返した。

「母さんが最近電話多いのってそれだったのか……やたら長いと思ってたんだよな」

最近、母さんがリビングで一時間ほどスマホで通話をしているのは、週に何度も見かけた。

てっきり先日通い始めた絵画教室で新しい友達でもできたのかと思っていたのだが。

「ていうか、俺が家電で掛けても全然麗美の家に繋《つな》がらなかったのってそういう理由か」

「かもねー。まー麗美ねぇが戻ってくるとか、お兄ぃにとって得しかないし良かったじゃん」

「向こうにとってはどうか分からないけどな」

「ほーら自分は得って思ってる。欲望ダダ漏れでまじキモなんですけど」

「こ、こいつ……」

我が妹ながら、びっくりするくらい口が悪い。

口の悪さだけなら麗美や柚葉《ゆずは》をも上回る。

反抗期真《ま》っ只中《ただなか》なのか、俺の人望がなさすぎるのか。後者ですかねはい。

「大体、あっちはマンションでこっちは一軒家じゃん。場所は隣同士かもしれないけど、そうそう会わないだろーし。実際まだ私も麗美ねぇ見かけてないもんねー」

「まあなぁ……しかし俺たちの日照権を脅かすマンションにまさか麗美が住むとはな」

日照権ギリギリであろう立地に、母さんはいつも文句垂れていた。

最近言わなくなったのは、そこに二階堂《にかいどう》家が住むからか。俺の現金な性格は絶対に母譲りだ。

「あー、くそ。朝ゴミ捨てする時とか、だる着の時に会ったらどうしよう！　俺変なやつに思われないかな！」

「すっぴんを見られて嫌がる女子大生か、絶対向こうはなんも気にしてないから。大体、麗美ねぇなんて小学生の頃から色んなスカウトされてたくらいなんでしょ？　そんな美人サマに顔忘れられてなかっただけで奇跡そのもんだし！」

「どうしてそういうこと言うかなぁ!? 正論でも言っていいこと悪いことあるだろ！」

俺は頭をガシガシ掻《か》いて喚《わめ》いた。

周りから見たら実際その通りなんだろうけど、それ故に耳が痛い。

いつの間にか過去のダントツ仲良い男子という自負が蘇《よみがえ》っていたみたいだ。

どんだけ現金なんだ俺。

兄の情けない様子に、セイラは「でもさー」という言葉とともに溜息《ためいき》を吐《つ》いて、雑誌をパタンと閉じた。

「お兄ぃって中学の時、別の人好きじゃなかった？ 今でもそうだと思ってたけど、違うんだ？」

頭を掻いていた手がピタッと止まる。

セイラは顔を顰めた。

「うへぇ、図星かい。それがすぐ麗美ねぇに乗り換えるなんて、そんな男絶対モテないよ」

「……そういう訳じゃねえよ。別に、久しぶりの再会に舞い上がるのはフツーだろ。つーかセイラの言ってる人が俺の思ってる人と一致してるかも分かんないしな」

「は？ お兄ぃが中学で好きになった人って一人じゃないの？」

「お前知らないのか？ クラスが替わって一ヶ月もすれば、好きな人が変わることだってあるんだぜ！」

「うっわキモ⁉　男子キモ⁉」

「お前だってアイドルの推しとかしょっちゅう変わるだろ！」

妹は「それとコレとは死ぬほど別でしょ！」と言ってから、俺の視線に気付く。

同時に、俺も口を開いた。

売り言葉に買い言葉ではないが、兄としてやっぱり物申したいことがある。

「セイラ」

「な、なに」

「お前さっきからずっとパンツ見えてる――」

「出てけクソ兄ぃ！」

勢いよく飛んでくる枕が俺を追い出した。

◇◆

翌朝自宅を出ると、丁度麗美がマンションのロビーから出てくるところだった。

朝からの遭遇、音速のフラグ回収。

考えてみれば、朝方の登校時間は同じだ。

即《すなわ》ち俺たちのエンカウント率はスライムよりも高い。

麗美はこちらに気付いていない様子で、転校二日目の学校に向けて歩を進めている。

声を掛けるため追いかけるか散々迷った末、地面を強く蹴った。

「おはよーっ」

「ん……」

麗美がめちゃくちゃダルそうに顔を上げて、イヤホンを取った。

髪で隠れて、振り向いた瞬間の横顔が見えなかったのは残念だ。朝から気持ち悪い自覚はある。

……麗美の制服姿ってなんか新鮮だな。

「おはよ。意外と早いのね」

麗美の挨拶に、俺は思わず口元を綻ばせた。

これからこの挨拶が、また日常になっていく。

そう考えると、ちょっとワクワクしてくる。

これまでの高校生活も悪くなかったが、最近は明確に〝良い〟へ変わってきている。

花園《はなぞの》に遠回しにフラれはしたものの、友達関係が終わった訳でもない。元々疎遠だと思っていた分、マイナスでもない。

つまり、麗美が転校してきた分はそのままプラスなのだ。

俺は麗美の横に並んで、陽気に言葉を返した。

「まあな！　こう見えて俺、朝遅刻したことないんだぜ？」

「元気ね……別に昔も遅刻はしないイメージだったわよ」

ローテンションの麗美は、そう返して肩を竦《すく》めた。

どうやら隣に俺が住んでいるという事実は、一夜で受け入れてくれたらしい。

まあ受け入れるしかないんだけども。

「そういう麗美は朝苦手だっけか？」

「うん、まあ。そこそこに」

昨日よりもいくらか無愛想な声色だった。

俺が嫌いという線を消すとすれば、相当朝が苦手だな。

まあ始業十分前には着く時間帯に登校できている分、柚葉よりはマシだろうけど。

タケルに二階堂麗美は朝が苦手らしいと教えたら、「ソレ親近感湧くな！」と喜ぶに違いない。

「小さい頃はそうでもなかったよな？　高校生になってからか」

「うるさい。女子には色々あるのよ」

「ほへー……色々」

「このっ……馬鹿みたいな返事やめてよ、気が抜けちゃうでしょ！　こっちは今日も転校生らしくしなきゃなんだから！」

「普通は早く馴染《なじ》もうとするのが転校生な気がするけど」

「うるさいわね！」

麗美は気合いを入れるように両頰《ほお》をパンッと叩《たた》いて、咳払《せきばら》いをした。

「あー、あー、マイクテス、マイクテス」

「……なにやってんだ？」

「なにって、練習。今みたいな口調で喋《しゃべ》ってると、何かと誤解されやすいから」

「恐ろしい人間にか」

「まあそんな感じかしら」

あっさり認めた。本心というより面倒くさがった気がするが。

小学生時代、麗美はある時から急にリーダーになった。

その時も、もしかしたら都度こうして切り替えていたのだろうか。

だけど今の麗美は、そのリーダー時代とも違う。

物腰柔らかく、マドンナのような立ち位置になりそうな振る舞い方だ。

中学の時はどんな在り方だったんだろう。

俺は麗美について知っているようで、知らないことが多い。

花園の時もこの感覚はあったが、彼女と異なるのはそれを直接伝えられるところだ。

「麗美」

「なに？」

「俺、今の麗美のこと全然知らないよな」

「……はい？　当然でしょう、久しぶりなんだし」

麗美は怪訝《けげん》な声で答えた。

「だからあえて質問すんだけど、お前も中学の時なんかあったのか？」

「お前もって、涼太《りょうた》は何かあったわけ？　私は全然ないんだけど」

「ぐ……」

かつては花園と同じく、何でも話せた幼馴染。

だけど、今は気遣わせたくない気持ちが勝った。

風向きが芳《かんば》しくないので、俺は話題を変えることにした。

「俺もない。てかさ、麗美は部活とか何入るつもりなんだ。うちって一部を除いて原則部活に入らなきゃいけないの知ってるだろ」

俺の質問に、麗美は眉を僅かに動かす。

そしてジロッと視線をこちらに飛ばして、すぐに前方に戻した。

「……迷い中よ。元々どこにも入部する気なんてなかったしね」

「そ、そうか」

「涼太は部活何入ってるの？　まだハンドボールやってるの」

「俺？　一応帰宅部でエース張ってる」

麗美は目をパチクリさせた。

「なんの一応なのよ、ちゃんと部活に入ってる人が使う言葉じゃないそれ。ていうか原則はどこいったの？　あなたハンド辞めたわけ？」

「それほどでもないなぁ」

「褒めてないわよ！　ちゃんと質問に答えなさい、二つとも返事されてないんだけど！」

語気を強めた麗美はまた睨《にら》んできた。

だが完全に幼馴染時代を思い出した俺から見れば、美人だとしか思わない。

美人とスタイルを武器にされない限り俺には響かないのだ。

麗美は自身の睨みに効力を感じなかったのか、半分諦めたように息を吐き、口を開いた。

「もういいわよ。あなた何も言う気ないみたいだし、深くは訊《き》かないでおくわ」

「ちょ、なんで怒ってんだよ」

「怒ってない。次その質問したら殴る」

「怖い⁉」

麗美は不機嫌全開な声色で返した。

他に生徒がいないからか、完全に俺の知ってる幼馴染がそこにいた。

「なら、私もしばらく帰宅部でいいかしらね。涼太との時間って、多分登下校くらいになるだろうし」

「おお、今後も一緒に登下校しそうな発言だな」

「そのつもりだけど」

俺は「え？」と声を漏らす。

決して嫌なわけじゃないが、男女が頻繁《ひんぱん》に登下校すると嫌でも目立つ。

「登下校が一緒って、それ麗美は大丈夫なのかよ」

「誰も毎日とは言ってないでしょ。家が隣なんだから、こうやって一緒になることもあると思っただけ。……なに、ご不満？」

麗美が目を細めたので、俺は慌ててかぶりを振った。

「違う違う、周りに見られたら勘違いされそうって意味だよ！　俺としてはプラスに決まってんだろ！」

弁解すると、麗美は意外そうな表情を浮かべた。

「なんだ、そこ気にしてくれてるの。全然問題ないでしょそれは。ていうか、プラスなんだ」

「そりゃ幼馴染だし……まあ、迷惑にならない程度ならいいか」

「そうじゃなくて。周りから見た私たちって釣り合ってないし、勘違いとかしないでしょ」

「なぁぁぁあ⁉」

思わず声を大きくすると、数メートル先で散歩中の犬が吠《ほ》えた。

麗美は全く気にした様子もなく続ける。

絶対に釈明してくれと言いたい。

「まあ、帰宅部でオッケーなのは助かったわ。部活入れって言われたら私も困るところだったから」

「さっきのはまるで俺の方が下で釣り合ってないみたいな言い方だったな⁉」

「周りから見たらそうなるんじゃない？」

「ゴフゥ！」

話を戻した末のカウンターパンチに、大ダメージを食らう。

あえて大袈裟《おおげさ》な仕草をしてみせたものの、割と胸中の感情をそっくり表したものだ。

くそ、全部セイラの言う通りかよ。

俺が落ち込んでいると、麗美はいくらかスッキリしたようにクスリと笑った。

「落ち込まないでよ。昨日一日見てたけど、あなたのクラスでの評判がそこそこ良いのは分かったわ。勘違いもされないくらい、私の評判が良くなる予定なだけ。今のところどう、転校生としての私」

「やっぱわざと演じてたのか……良い性格してるわ」

俺の返事に、麗美は「でしょ？」と気取らない笑みを浮かべた。

かつてより柔和になった笑顔を目の当たりにしながら、俺は思考を巡らせる。

……やっぱり、一日俺を見ててくれたのか。

昨日柚葉が言ってた通りだ。

——二階堂さん、ずっと吉木を目で追ってたから。

でもここでポジティブな反応をしたら一瞬で気持ちを悟られるだろう。

妙なプライドが邪魔をして、俺はスカした顔をした。

「まーいいわ。じゃあ話戻すけど、なんで麗美は部活に入りたくないんだ？」

俺の問いに、麗美は見透かしたように目尻を下げる。

　俺が待機の姿勢を崩さずにいると、麗美はようやく答えてくれた。

「……自分に素直になったら、もっと一人の時間が欲しい気がしただけ。中学は部活入ってたけど、涼太の話信じるなら原則も形ばかりみたいだし。一旦帰宅部で様子見ようかなって」

「ふーん、なるほど。まあ、それもアリかもな」

　実際部活必須という校則は形骸化しているし、一度部活に入って辞めた人は特に何も言われない。

　最初から入部していない俺や柚葉だって咎《とが》められたのは仮入部期間が終わった直後だけだし、転校生の麗美は最初から免除されそうだ。


　それから取り留めのない雑談に興じて、麗美との登校はあっという間だった。

　校門を跨《また》ぐとあからさまに視線を感じ、校舎に入るとその数は一気に増加する。

　上履きを靴箱から取り出す際は二階から何人かに見下ろされてたし、廊下を歩くと同学年は必ず振り返る。

　中でも男子はちょっと不服そうな表情だ。

「……ギャラリーの何人かは、俺たちの家がほぼ隣同士だなんて言ったら卒倒しそうだな」

「それはさすがに勘違いされそうだから、言わないでよ？」

「おう、二人だけの秘密だからな」

「気持ち悪い言い方……」

「ひでえな⁉」

「あはは」

麗美の笑い声に、男子が何人か視線を寄越《よこ》す。

今日は転校二日目だし、そろそろ男子たちも本気を出す頃だろう。

下手したら、今日は麗美ともう喋れないかもしれない。

だから今さっき気になったことを訊いてみた。

「そういやさ。部活に乗り気じゃないのに、なんで部活原則のウチに入ったんだ？　他にも高校とかいくらでもあっただろ」

「……本気で言ってるわけ？」

麗美はそう言って振り返った。

情景が脳裏に過《よ》ぎる。

麗美が涙を目にいっぱい溜《た》めて、誓うように放った言葉。

「絶対帰ってくるって言ったでしょ」

——あの時の言葉がフラッシュバックする。

「約束を果たしたまでよ」

「……それ冗談？」

訊くと、麗美は視線を窓の外に投げる。

そして俺に目をやり、肩を竦《すく》めた。

「冗談よ。小学生に親を動かせる発言力なんてないしね」

「くそ！　騙《だま》された！　騙されかけた！」

「ふふ。でも涼太がここにいるっていうのはお母さんから聞いてたし、理由の一つにはちゃんとなってるわ」

「ほんとかよ。それは信じていいんだよな⁉」

「ええ。私たち、それくらいには仲良かったじゃない」

麗美は口元に弧を描いて、先に教室へ入って行った。

俺は暫《しばら》く入口に佇《たたず》み、今しがたの言葉を反芻《はんすう》させる。

……麗美、昔と比べると本当に変わったな。

ストレートに感情をぶつけるのはこれまで通りだけど、今のように好意を口にされたのは記憶にない。

友達としてが枕詞《まくらことば》に入るとはいえ、数年前の俺ならあっさり勘違いしてしまいそうな表情だった。

小学生の頃なら、ますます好きになってただろうな。

初めての彼女は初めて好きになった相手だ、なんて思い込んでいたから。

麗美とイイ感じになった思い出と、麗美が転校した後過ごした思い出。

どちらも交互に想起した後、かぶりを振る。

……そんなに恋愛が甘くないのは、嫌ってほど知ってるだろ。

そう思い直して、教室へ入った。

陽《ひ》だまりに温められた空気が、俺を迎えてくれた。

◇◆

夢を見た。

麗美が転校した後のことを。

それまでの人生で最も心を許し、最も好きだった人を失って、俺は毎日憂鬱だった。

麗美がいない日常に中々慣れず、彼女が住んでいた空っぽの家を見るため毎日自転車で通り掛かった。

荷物を忘れて取りに帰ったりしてないか。

実は親戚が残っていて、いつか里帰りしてこないか。

可能性は殆《ほとん》どないと分かりながらも、中学に入学する直前までの春休みは丸々通い続けた。

大雨の日、さすがに自転車は走らせなかった。

それがきっかけで数週間赴かず、やはり寂しくなって出向いた時、麗美の家は綺麗《きれい》な更地になっていた。

思い出ごと消えた気がして、そこで初めて俺は泣いた。

多分、あの時初めて麗美がいない現実を実感したんだろう。


中学に入学すると、忙しくなったこともあって麗美が住んでいた場所には寄らなくなった。

頭が初めて別のことで一杯になったからだが、麗美のいない中で馴染《なじ》む方法を模索していたのもある。

だけどいつも麗美を通じて友達作りをしていた俺は、当初クラスに馴染めなかった。

二年生に進級し、ようやく中学生活が楽しくなってきた頃。

息が真っ白に染まる季節に、俺はある女子と二人きりになった。

今では名前も思い出したくないその女子は、口角を上げてこう言った。

「前から思ってたけど、吉木って良いやつだよね」

「え？」

その女子とは部活の帰り道でたまに顔を合わせる仲だった。だけど二人きりという状況は初めてのこと。

彼女に「一緒に帰ろ」と誘われて、内心勘違いしないよう必死だった。

「クラスの男子ってバカばっかりじゃん。でも吉木って二人で喋《しゃべ》ってると落ち着くんだよね、急にバカな行動とかしそうにないし」

「そう言ってくれるのは嬉《うれ》しいけど、俺もう中二だしな。普通だろ」

「そう、もう中二なのにだよ？　なんか周りのバカの度合いも上がってない？」

「あはは、確かに」

「でしょー。吉木はバカしないでね」

「任せとけって！」

俺は考えた。

その女子とは元々仲良くできていると思っていた。喋るたびに距離が縮まっていき、冬になる頃には僅かな恋心さえ抱いていた。相手はかなり人気者だが、俺は麗美が転校した時から、行動しない後悔を知っていた。

「……クラスにあんたがいて良かったよ」

女子がそう呟《つぶや》いた。

自分の中で、恋心が急速に膨れていく感覚。

――もしかしたら、これがイイ感じってやつか。

周りの同級生は続々と初めての恋人を作り始めていて、俺も好きな人と付き合うことにひどく憧れていた。

想《おも》いを自覚し、俺は行動した。

「なあ」

「ん。なに？」

「……俺と付き合えないか？」

少しの沈黙。

そして。

「……は？　嫌だけど。なんでそうなったの？」

「え？　……いや、でも」

「でもってなに、今さっきバカしないでって言ったばかりじゃんか。……まじでないわ」

これでもかというくらい、全面的な拒否反応。

「あんた、そういう勘違いはキモすぎだよ」

その女子はそう言い残して、ベンチから立ち去った。

寒空の下、一人ポツンと残される。

そんなに嫌がるなら、どうして二人きりで帰ったんだ。

そんなに嫌がるなら、どうして二人が落ち着くなんて言ったんだ。

当時の俺には、それが全く分からなかった。

だけど、一つ学んだことがある。

人との距離感を誤れば、こうなるのだと。

自分の中の距離感は、あまり当てにならないのだと。

ギョッとしたような表情が嫌悪感に変わる瞬間は、今でもたまに夢に見る。

そしてその女子にフラれたのをきっかけに、俺はクラスから孤立した。

そこで俺を助けてくれたのが――

◇◆

「柚葉由衣《ゆい》」

羽瀬川《はせがわ》先生の口からフルネームが飛び出し、眠りから覚める。

どうやらウトウトしていたらしい。

「まーた遅刻か。柚葉と仲良い人、注意しておいてくれ」

一部のクラスメイトがこちらを見たが、すぐに視線を逸《そ》らした。

前の席では、一瞬タケルがそわそわしたような気がした。

……タケル、我こそがと思ってんのかな。

学校で流れる時間は早い。

柚葉と恋仲という噂《うわさ》は、今やすっかりデマだと浸透した。

噂が流れたのはたった一ヶ月前だが、そう思えないくらい過去のことになっている。

だからこそ、柚葉と仲良い人と呼びかけられたらこのクラスには沢山挙手したい人がいるに違いない。

クラスというより、この学校にはと評した方が正しいかもしれないが。

それでも、一番乗りであれば俺が声を掛けたい。

かつて周囲に誤解されたにもかかわらず、そう思う理由は単純だ。

即《すなわ》ち、友達だから。

話しかける理由なんて、それだけでいい。

……柚葉にはデカい借りもあるしな。

俺はかつての情景を想起して、すぐに霧散させた。


チャイムが鳴って、朝礼が終わる。

皆《み》んなが一時間目の準備に取り掛かった時、タケルがクルッと振り返った。

「お前なんも聞いてねーの？　柚葉と仲良いのに」

「全く聞いてないな。毎日連絡取り合ってる訳じゃないし、俺も」

「あっそうなん？　お前でそれじゃ、柚葉案外ダブる説あるかもな。止めてくれよー、二組の太陽なんだからさ！」

「まあ……俺で良ければ言っとくけど。そのつもりだったし」

柚葉は四、五月だけで七回も遅刻をした。

一時間目に間に合うならいいが、中学時代から朝ゲキ弱の柚葉にはそれも難しいようだ。

タケルが懸念するように、この調子なら留年したっておかしくない勢いだった。

「柚葉もさすがに出席日数とか計算してると思うけどな。言われるまでもねーってキレられるかも」

「うーん、計算してたらいいけど。つーか意外だよなー、柚葉が朝弱いって。いかにも〝朝から元気潑剌《はつらつ》！〟ってキャラじゃねえ？　太陽なんて呼ばれるくらいだし」

「その太陽ってあだ名は柚葉が自称してる訳じゃないけどな。あいつザ・ギャルだし、どっちかというと夜型だろ」

「それはそーだけど。ギャルはギャルでもザ・オタクにも優しい系だし、そりゃー太陽扱いされてもおかしくねぇって」

瞬間、ガラッと教室の扉が開いた。

「おお……噂すれば、太陽サンのおでましだ」

タケルはそう言って、ロッカーに教科書を取りに行った。

本当は話しかけたかったはずだろうに。

でもまあ、その気持ち分かるぞ。

俺も花園には全然声掛けられないし。結局あれから目を合わせることすらできていない。

一瞬花園を探したが、すぐにいないことは分かった。

花園が自分の席にいない時は、大抵この教室にもいないから。

俺は重い腰を上げて、柚葉のもとへ歩を進めた。

柚葉は俺の顔を見る前に、机にうつ伏せになってしまった。

「おはよーさん」

俺が声を掛けると、柚葉は気怠《けだる》げに顔を上げる。

「……んあ。吉木」

「おう、おはよ。柚葉はまた寝坊か」

「まあね……昨日寝るの遅かった」

「留年するぞまじで」

「うっさい今ほっといてぇ」

柚葉はそう返事をして、またベチャッと机に突っ伏した。

遅刻した日、柚葉はこんな感じで不機嫌になる。

こういう時は柚葉グループの女子たちも気を遣って近づかない。〝柚葉由衣のモーニングモード〟と俺の中だけで呼んでいた。

柚葉が気を許している人にだけ起こす現象だ。

そっちの方が嬉しいから、そういうことにしているだけだけど。

なんにせよ、柚葉の性格まで変わった訳じゃない。

「なあ、柚葉」

苗字《みょうじ》を呼ぶと、柚葉は心底ダルそうに「なに」と呟き、視線を合わせた。

これだけダルそうでも、呼べば目を合わせてくれる。

だから俺も誘いやすい。

「コーヒー飲みに行くか？　北庭の自販機行こうぜ」

「……あー、ありかも。うん、行きたいかも」

「よし、行くか」

「うぃー」

案の定、ちょっとだけ陽気になった柚葉は腰を上げた。

視線を感じて、横を見る。

麗美が女子たちと話しながら、俺がどこに行くのか見ているようだった。

「……どったの？」

「……あー、いや。なんでもない、行くぞ」

そう返して、俺と柚葉は教室を出た。

麗美には後で言っておこう。

柚葉と教室を二人で抜ける時は、大抵遅刻するって。

◇◆

「眠気覚めたか？」

「んー。……覚めた。ごめん、あんがと」

柚葉はクワッと欠伸《あくび》をしてから、空き缶をゴミ箱に放った。

高校に入ってから明らかに遅刻が増えた柚葉には、カフェインを摂取させるのが手っ取り早い。時折奢《おご》りになるのが痛いが、日頃お世話になっているのでそれくらいはしなくちゃいけない。

まあ、柚葉本人は世話なんてしてるつもりないだろうけど。

とにかく、留年されるよりマシだ。

「柚葉さ、高校に入ってから遅刻多いよな。先生から柚葉に注意しろって頼まれちゃったぞ」

「えーヤッバ、あたしもーそんな扱いになった？　先生今年が初めての担任って言ってたし、あたしに鍛えられることに免じて何とか見逃してくんないかなー」

「どの立場で言ってんだ！」

柚葉は「吉木きびしー」と小さく笑った。

本人は冗談なんだろうが、先生が聞いたらカンカンになりそうだな。

少し時間を置いた後、柚葉は肩をコキッと鳴らす。

制服の上から羽織ったパーカーから石鹸《せっけん》の香りが漂った。

「そーいや、二階堂さんとはどんな感じになったの」

「あー。無事一緒に帰れたぞ」

「えっ、やるじゃん。そんでその後は？　やっぱあたしの言う通り脈アリだった？」

「別に……何もねえよ。皆んなの憧れになりそうな女子に変なことできるか」

そうじゃなくてもできないけど。

俺の返答に柚葉はかぶりを振った。

「皆んなの憧れって、花園さんっしょ。二組の憧れ枠はあの子のイメージなんだケド」

「うーん、それもそうだけどな」

確かに花園はクラスを飛び越え、学年男子の憧れ枠にも入りつつある。

あいつ可愛《かわい》いよな、という話題には決まって名前が出る。

もはや殿堂入りし始めているので、花園の名前を出したら安牌《あんパイ》で面白くないという扱いをされてしまうほど。

麗美が転校してきた日、クラスの男子があからさまに詰め寄らなかったのも、花園にその姿を見られたくないという男心があるからだろう。

しかしまあ、柚葉も憧れという枠では同じだ。

実際に花園が裏天使などと呼ばれているのは、表では柚葉の方が人気のある証《あかし》だろうし。

男子の中で花園は『クラスで二番目』という認識でも、当の柚葉から見れば一番に思うのかもしれない。

何にせよ、それらを柚葉に伝えるほど下世話じゃない。

「花園は確かに憧れとは言われてるけど、それよりも隠れファンが多いって方がしっくりくるかもな」

「ふーん。確かに、ヒソヒソ可愛いって言われてるイメージかも」

　柚葉は納得したように頷《うなず》いてから、小さく口を開いた。

「……あたしはなんて言われてる？」

「……んー、これは誰かから言われてる訳じゃないけど、俺は毎日会えるアイドルギャルって思ってるぞ。柚葉を中心に皆んな繋《つな》がれるし」

「アイドルギャル！　ネーミングセンスなっ！」

　柚葉は目を丸くしてから、ケラケラ声を上げて笑った。

　そして口角を上げたまま、打って変わって静かに言葉を紡ぎ出す。

「……そっか。吉木にそー思われてんなら、ちょっとは頑張ってる甲斐《かい》あんね」

　……我ながら言い得て妙だったな。

　アイドルギャルにそこまで笑われたのはびっくりだけど。

「花園さんっていえば、吉木って中学の頃塾同じじゃなかったっけ」

「おー、よく覚えてたな。今はもう違うけど」

「だよね。全然喋《しゃべ》るとこ見たことないし、吉木の嘘《うそ》説あるケド」

「そんな嘘つくかよ。男子にも色々あんだよ」

　花園には不可侵というのが、最近の男子における暗黙の了解になりつつある。

　この前俺が周囲を警戒したのは、そういう理由もあった。

「もっと教室で喋ればいいのに。そのために中学の時よりイイ雰囲気にしてあげてんだから」

「ありがたいけど、それとこれとは別なんだって」

今喋りづらいのは遠回しにフラれたからですし。

知る由もない柚葉は、気楽そうな表情で「吉木なら大丈夫だって！」と言った。

「何を根拠に……」

「根拠あるよ？　あたしが見込んだ友達だもん」

柚葉はニッと口角を上げた。

……花園とは中学時代にイイ感じになったことがあるなんて言っても殆《ほとん》どの人間は信じてくれないだろうけど、柚葉だけは信じてくれるかもしれないな。

仮に妹に言えば、「それ全然イイ感じじゃなくない!?　勘違いキッショ！」と罵られるだろうけど。

「でもまー実際問題、二階堂さんの方が幼《おさな》馴染《なじみ》の分、脈アリっぽいよね」

「アホ。花園はもちろん、二階堂だって全然脈ねえよ。昨日だってな――」

「なんで？　昨日言ったじゃん、目で追ってたって。どー考えても脈アリっしょ」

「目で追うから脈アリか……」

男子の視線の先にいるのが柚葉由衣なら、そうなるのかもしれないけど。

カーストトップの能天気な返事に、俺は溜息《ためいき》を吐《つ》いた。

「なあ」

「なに？」

俺は空き缶をゴミ箱に投げた。

綺麗《きれい》な放物線を描いて吸い込まれる。

柚葉は無邪気にパチパチ手を叩《たた》いた。

「おーっすごいじゃん！」

「違う。今の目で追ったろ」

「へ？」

「それと同じってことだ」

柚葉は小首を傾《かし》げた後、ポンっと手を鳴らした。

「あー、吉木がゴミってことか！」

「ちっがうわとんでもない勘違いすんな⁉ 俺が動いてたから目で追っただけって例えだよ！ 反射的に見てただけってことだ！」

「あはは、なるほどそーいうこと！」

気持ち良さそうに笑いやがって、ほんとに友達かこいつ。

「ったく……じゃあ教室戻るぞ、もう授業始まる」

「えー、まだ一分くらい時間あるよ。もーちょいココいない？」

「柚葉の感覚がバグってるだけだろ、一分くらいなら普通はもう戻るんだよ！」

「ハイ出た普通！ あたしにとっての普通が違うだけだから！」

「はいはい……」

「次はいはいって流したらキレる」

「ごめんて⁉」

いつものやり取りをしながら、俺は廊下へ足を向ける。

次の先生は緩いから、遅れても多分そこまで怒られることはない。

あまり良くない思考に耽《ふけ》っていると、柚葉が声を掛けてきた。

「ねー吉木」

「ん、どした」

立ち止まって振り返る。

柚葉は大きな目を瞬かせた。

「……あたしと友達で良かった？」

「……当たり前だろ？　恥ずいしあんま言いたくないけど、柚葉がいてどれだけ心強いか」

俺の返答に、柚葉は目をパチパチさせる。

そして。

「吉木って割とストレートに言ってくれるよね。そーいうところが好きなのかも」

と、微笑《ほほえ》んだ。

「……柚葉こそ、そういうのすぐ明け透けに言うなよな。それで勘違いされたらさすがに文句言えないんだぞ」

「別に、文句言う気とかないし。本音言うくらいはいいじゃん？　好きだよ、吉木との時間」

「……？」

柚葉、何かあったのかな。

……陽キャにも陰キャにも隔てなく接するクラスの太陽。

その分、たまに疲労もあるのかもしれない。

何の確証もないけど、そう思った。

◇◆

教室に戻ると、既に麗美の発表中だった。

国語の授業で、麗美の朗読に耳を澄ませていた男子たちは若干邪魔そうにジロッと視線を送る。

だが柚葉の姿を見ると、納得したように教科書に視線を落とした。

ニコニコ笑顔の柚葉の登場に、皆《み》んな脳を破壊されたらしい。

俺に向けての視線は普通に棘《とげ》を感じたのが解せないところだ。

「以上です」

麗美は最後にそう言って、ストンと腰を下ろした。

朗読後に〝以上です〟なんて、昔の麗美だったら不機嫌と捉えられるセリフかもしれない。

温厚と噂《うわさ》される先生は、麗美に向けて目尻を下げた。

「二階堂さん、ありがとうございます。遅刻した二人はあとでちょっと来てくださいね」

「う……はい」

緩い先生だと高を括《くく》っていたけど、しっかり怒られそう。

目をつけられたらこの先ずっと苦労しそうだ。

柚葉は気にした様子もなく、「すみません！」と元気に返事した。

元気すぎる返事に、先生は面食らったように「わ、分かればいいの」と声を上擦らせる。

外見派手ギャルの遅刻なんて、本来ならヤンキーと思われても全くおかしくない行動だ。

だけど元気な謝罪でそう思われないのが柚葉の特徴といえる。

普通は元気な謝罪でも、開き直ってると思われかねないのに。

次の休み時間にもなれば柚葉はすぐに調子を取り戻し、クラスに太陽が戻るだろう。

俺は席に座って、何となく花園に視線を投げた。

花園は教科書を読み込んでいるようで、全く振り向く気配はない。

……なんか、全然気に留められてないのも結構応えるな。

牽制《けんせい》された分際だし、当たり前かもしれないけど。

「……ん」

気付けば、タケルがニヤリとこちらに笑いかけていた。

「なあ、昨日嫌でも目立つって言ったろ？　それで柚葉との仲勘違いされたくないとか

「――」

「うるさいあっち向け」

「ひどい！」

タケルは小声でシクシク泣き真似《まね》しながら黒板に向き直った。

……遅刻したら目立つのなんて分かってる。

でも柚葉には借りがあるし、それを返すまでは留年なんてされる訳にもいかないのだ。

ポケットに入れていたスマホが震える。

視線を落とすと、柚葉からだった。

Yui『怒られた笑　巻き込んでゴメン笑』

……それは同感。

スタンプで返信しようとすると、五月雨式にメッセージが届いた。

Yui『そーいや言い忘れてたけど。イイ感じを突破するために頑張ってみるわって豪語してた意気込み、どこいったん？』

……イタいとこつくな。

分かってる。

そろそろ訊《き》かなきゃ、またズルズル先延ばしになることは。

だけど、少し気になることがあるのだ。

俺は視線を幼馴染に投げた。

六話　あなたのためなら

恋人を作るのは難しい。

何故《なぜ》なら、暗黙の了解が多すぎるから。

女心、レディーファースト、その他云々《うんぬん》。

中学生になった頃から急にカップルが増えたけれど、皆んなどこから恋人の作り方を学んだのか甚だ疑問だ。

昔は女子と話す仲になるだけで、満足していた時期もあった。だけど、正直ここまでは運だけで漕《こ》ぎ着けられる範囲だ。

極端な話、俺と麗美《れみ》の仲なんて運以外の何物でもないのだから。麗美との間には、幼馴染じゃなければ許容されないやり取りなんて星の数ほどある。

だが恋人を作る過程においては、そんな運だけじゃどうにもならない壁が聳《そび》え立つ。

それが、女子とイイ感じになれるかどうか。

漫画において、一巻を読まないと続刊を楽しめないように。

ソシャゲにおいて、チュートリアルをクリアしないとガチャを引けないように。

恋人とはこのイイ感じな雰囲気を突破した人間に与えられる報酬なのだ。

しかし、このイイ感じにもまた壁がある。
一、イイ感じな時間を一度逃すと、次があるかはわからない。
二、イイ感じという主観がズレていた場合は相応のリスクを伴う。
そしてこの難関を突破した人が周りに増えてきたのは、俺に焦りをもたらした。

一度も彼女ができたことのない俺は、最近同性と恋バナする時に肩身が狭くなっていく感覚がある。高校生になってからはそれが顕著で、憩いの場はタケルくらいだ。

周りに「今は彼女とかいいかなー」と誤魔化《ごまか》しているうちに、取り返しのつかない年齢までいってしまいそうな焦燥感。

そんなネガティブな感情に抗《あらが》おうにも、現実は後退するばかり。

二階堂《にかいどう》麗美に告白できなかったのは、イイ感じな時間を逃してしまったから。

花園《はなぞの》優佳《ゆうか》に告白できなかったのは、失敗した過去が足枷《あしかせ》となった。

中二の冬を経《へ》てさえいなければ、俺は花園とイイ感じだと思った時間に告白して、良い結果を得られたかもしれないのに。

少なくとも、高一の初《しょ》っ端《ぱな》から改めてフラれる未来には繋《つな》がらなかったはずだ。

全ての元凶は中二の冬。

イイ感じという主観がズレていたことでのトラウマが、未《いま》だに足を引っ張ってくる。

柚葉《ゆずは》の手で救われていなかったら、卒業式までずっとその状況が続いていたかもしれない。

花園優佳がいなかったら、メンタルを病んでいたかもしれない。

アイツの手を逃れたのはトラウマと化した後だったから、恋愛に対する後遺症は残ってしまった。

俺が恋愛できるとするなら、イイ感じとやらを見極められるようになってから。

この面倒くさい思考回路こそ、トラウマの後遺症に他ならない。

だけど、最近こうも思う。

俺は誰かに想いを伝えられない理由を、一生懸命考えているだけなんじゃないか、と。

◇◆◇◆

麗美が転校してきて一週間が経《た》った。

二組女子の粗方が麗美とのファーストコンタクトを終え、勇気のある男子たちが恐る恐る麗美にコンタクトを取り始める時期だ。

既に麗美と話せた、勇気ある男子たちの評判はこうだ。

「二階堂さんって大人しいのに存在感あっていいよな……」

「分かる。お淑《しと》やかっていうか、ギャルみ感じるのにどこか品もあるっていうか」

「俺シンプルに付き合いたい！」

他クラスにも評判が広まるほど人気なのに、女子からの評判もすこぶる良い。

皆んなが麗美に注目する中、俺は実感せざるを得なかった。

麗美は変わった。

幼少期の麗美は、唯我独尊。

そして小学校高学年に入った麗美は、自分が全てを引っ張るという圧倒的なリーダーシップを誇った人間に成長していた。

それが現在、他人を全面的に立てることを覚えている。

小六時点で人当たりの良さはある程度あったものの、今の自分を主張しない麗美の在り方はかつてと正反対だ。

「そうなんだ！　すごいね、そんなことあるんだっ」

当たり障りのない返事。

「うわ、そのドラマ面白そう。私も見てみたいなぁ……」

相手が欲していそうな返事。

そしてトドメの和やかな笑顔に、クラスメイトたちは皆んな絆《ほだ》されていく。

それが転校生としての演技だと知っているからか、素は全く違う人となりだと知っているからか、麗美の言動に違和感を覚えるのは幼《おさな》馴染《なじみ》である俺だけだ。

麗美自身が転校生として無難なデビューをしたいと口にしていたし、その気持ちも分かるから言及できていないけど。

……今の麗美に、俺の話をしていいんだろうか。
――イイ感じを突破するために頑張るわって豪語してた意気込み、どこいったん？
……分かってるんだけどな。
記憶の中の麗美との乖離《かいり》は、俺に足踏みさせている。

◇◆

昼休み。ロッカーに教科書を片付けようとすると、先客が視界に入った。
「あ」
花園が俺を見てピタリと止まる。
既に片付け終えた後のようだ。
バッタリ対面した手前、何か喋《しゃべ》りたい。
いくら恋愛面でフラれ――牽制されたといえど、面識が無くなる訳でもないのだし。
ていうか先々週も〝全然話しかけてくれない〟と言われたばかりだ。
花園は口元に弧を描いて、そのまま佇《たたず》んでいる。
……まともに目が合うのもフラれた時以来だけど、話しかけていいってことだよな。

俺は意を決して声を掛けた。

「……話しかければいいんだっけ」

「ふふ。そんな出だしある？」

花園は面白そうに笑って、コクリと頷《うなず》いた。

「うん。声掛けてくれてありがと」

「ちょ、調子はどうだ？」

「調子は良いよ。よっしーは？」

純粋無垢《むく》な問いかけをされて、俺は慌てて付け加えた。

「い、いやあれだよ。柚葉と友達になりたいって話だったけど、あれから喋れたのかなって。そういう意味」

我ながらつまらない訂正だった。

そもそもあの会話は、あくまで花園が俺と柚葉をカップルだと勘違いしていたからだ。

柚葉と懇意になることで、俺と話しやすくなる。

俺と花園の距離がまた遠くなった今、先程の発言は現状に当て嵌《は》まらない。

しっかりしろよ、と頭の中で冷静な自分がツッコミを入れた。

じゃあ冷静な自分が喋ってくれよと言いたいが、こいつは肝心な時に表に出てきてくれない役立たずだ。

しかし花園は、俺のチグハグな訂正にも、気にした様子も見せずに答えてくれた。

「あ、そういうこと。柚葉さんとはまだ話せてないなぁ、その話だってついこの前したばっかりだもん」

「でも……されど二週間前だし。半月だぜ」

「確かに半月って言われたら長く聞こえる……さてはよっしー、スパルタだね」

いつものふわりとした笑みに、不覚にも癒《いや》された。

花園は下手くそな会話にも丁寧に応えてくれる。

会話はよくキャッチボールに例えられるが、それに則《のっと》るなら花園はどんな球でも丁寧に投げて返してくれるタイプだ。

教室にこんな癒しが転がっているなんて奇跡でしかない。

そんな思考が脳みそに入り込んだところで、花園が「そうだ」と口にした。

「よっしーって二階堂さんとも知り合いなの？　先週から気になってたんだ」

「ま、また気になってくれてたのか」

俺の一言に、花園は瞬《まばた》きした。

「……うん、また気になってくれてた。もしかして、あの人がよっしーが言ってた幼馴染さんなのかな」

「正解。やっぱバレるよな。中学の時から、この事たまに話してたし」

「そうなんだ、やっぱり……」

花園はホッとしたように頰《ほお》を緩める。

その笑顔は、俺の胸をヒヤリとさせた。

「よかったね、よっしーに春が来るかもってことだもん」

「まあ……いや、それは……」

「私、応援してるから」

「……うん」

花園は本当に良いやつだ。

でも、喋る時間が長引けば長引くほど思う。

俺たちは過去にイイ感じになっていた、可能性がある。

だけど今は、その可能性も無いのだと。

「じゃあ私、ご飯食べてくるね」

「だ、誰と？」

「いつもと同じ人。またね」

……彼氏じゃないだろうな。

俺にとやかく言う権利もないけど、もしそうなら最後まで知らないでいたい。

せめて、完全に吹っ切れるまでは。

……一、二週間で忘れられると思ったが、まだ気になってしまっているのは自分でも意外だった。

「吉木《よしき》吉木ー」

「ん」

声の方に目をやると、金髪ポニテが教室から顔を覗《のぞ》かせていた。

柚葉が髪を揺らしながら、ちょいちょいと手招きしてくる。

仕方なく近付くと、柚葉は耳元で囁《ささや》いてきた。

「マジで花園さんと喋れてんじゃん。でもさすがに脈なしかもネ？」

「……別に狙ってねぇし。てか見てたのかよ！」

「アハハ、たまたま！　狙ってないならいーけど、ガチで言ってる？」

柚葉は見透かしたように、悪戯《いたずら》っぽい笑みで言った。

「話聞いてたら、あたし繋げてあげられそーだし。なんなら協力してあげよっか」

柚葉はこっちが何も言わなくても、連続でボールを投げてくれるタイプだ。

それはそれで助かるし、ボールの中には何色かに光る球が交じる時がある。

「……協力か。なんか裏があるんじゃないだろうな」

「失礼な、面白そーなだけだし！」

「そういうところだ、そういうところ！」

案の定めちゃくちゃな理由だった。

だが、それが柚葉らしくて逆に信用できるかもしれない。

俺のためとか言われたら、協力なんて断るところだけど。

「繋《つな》げるって、具体的にどうやって繋げてくれるんだ」

「その辺はさ、やりようくらでもあるくない？　ど、あたしに一回任せてみるのは」

「……」

俺は口を閉じる。

沈黙を同意と受け取ったのか、柚葉は俺の胸をチョンと突いた。

「吉木も青春したいっしょ？」

その発言が決め手だった。

「……花園に迷惑かける系はなしにしてくれよ」

「当ったり前じゃん、あたしをなんだと思ってんの。ま、イイ感じを突破するための前準備が済んだら教えてよー」

「え？」

「まずは自分のイイ感じの認識が合ってるか、二階堂さんと摺《す》り合わせしたいんでしょ。その目処《めど》がついてからでいーからさ！」

……つまり、俺が麗美と話し合った結果自信を持てたら、その頃には花園と仲良くなる道を整えてくれているということか。

自分の気持ちを見つめ直す時間も確保できるし、正直めちゃくちゃありがたい話だけど。

「柚葉、なんでここまで協力してくれるんだ。面白そうなだけじゃ、さすがにそんな丁寧な協力は無理だろ」

確かに俺たちは中学からの仲。ただ、二人きりの時間が多くなってからはまだ数ヶ月程度だ。

周囲に恋仲と間違われたのは、入学して間もない四月だったから。

本来この距離感も、柚葉にとって特別なものじゃないのだ。

俺の問いに、柚葉は少し考えてから答えた。

「んー。あたし、吉木に彼女できたら嬉《うれ》しいんだと思う」

「……周りから勘違いされなくなるからか？」

「……ん、まーそれもあるかもね」

柚葉はこともなげに返す。

菫色《すみれいろ》の大きな瞳が、俺を捉えた。

一瞬、二人の間に沈黙が流れる。

……いざ俺に彼女ができたら、柚葉との関係性はどうなるんだろう。

浮気関係などと誤解が発生する可能性だってあるが、柚葉はそこまで考えているのだろうか。

……いや、柚葉ならウダウダ考えないか。

俺だって、彼女もできていない中でこんなの考えていても取らぬ狸《たぬき》の皮算用だ。

「分かった、じゃあ感謝だけしとく」

「あはは、そーしてそーして」

「うん。なら作戦タイム開きたいんだけど、柚葉この昼休み誰かと約束してたりするか？」

「や、今日はきびしーかも。真希《まき》たちとランチだし」

柚葉は教室の扉に視線を移した。

同じく扉の方向に目をやると、既にいつもの友達二人、その他数人が柚葉を待ちながら談笑しているようだ。

「分かった。じゃあまた誘うわ」

柚葉は小さく頷いて、そしてニコッと口角を上げた。

「もう先送りしちゃダメだからね。なんなら花園さんにも直接訊《き》けばいーことなんだし」

そう言って、柚葉は身を翻す。

「じゃ、また誘って！」

「今まで誘っても来たことないだろ」

「この前視聴覚室には行ったじゃん」

「あれは呼んだ訳じゃないだろ！」

「細かいことはいーってのっ」

ベッと舌を出して、ギャルは友達二人に合流していった。

自分の席に戻ると、俺は思考を巡らせた。

〝なんなら花園さんにも直接訊けばいー〟、か。

……柚葉のやつ、簡単そうに言ってくれたな。

それを〝なんなら〟なんて思える性格だったら、そもそも困ってないっての。

俺は身の程を弁《わきま》えている。

今の花園へ藪《やぶ》から棒《ぼう》に恋バナを仕掛ける能力は、俺に搭載されていない。

フラれた手前、雑談するので精一杯のはずだ。

「……そりゃ、柚葉ならなぁ」

柚葉のように端麗な容姿だったら、もう少し自信も湧くのだろうか。

トラウマが俺を臆病にさせているのは分かってる。

だけどそれだけじゃない。

麗美への告白未遂だったり、花園と疎遠になってしまった油断だったり、先程花園との関係性の後退を自覚したことだったり。

色んな失敗が積み重なって、俺の足を更に重くさせているのだ。

それに俺は、花園のことを全然知らない。

気付いた時には、花園が彼氏持ちになっていたって不思議じゃないほどに。

やっぱり、訊ける相手は幼《おさな》馴染《なじみ》しかいない。

「ギャハハ！」

不意の高笑いに目をやると、男子グループが教室から出て行くところだった。

……今は恋愛のこと考えてる場合じゃないな。

視線を前にやると、既にタケルの席は空だった。

俺と柚葉が喋《しゃべ》っている間に、タケルは別の男子グループと昼飯に移動してしまったようだ。

教室を見回すと、タケル率いる男子グループは勿論《もちろん》、たまに喋る男子グループも今しがた廊下へ出て行ってしまった。

つまり俺には、今日昼飯を一緒に食べてくれる人がいない。

「……うげ、やっべえ……！」

他クラスの男子グループに交ざれないこともない。だけど、タケルのように歓迎してくれるかは微妙なところだ。

男子グループを追いかける選択肢より先に、中学時代の便所飯が頭に浮かぶ。

自分の思考回路に、思わず苦笑いした時だった。

「吉木君」

「ん」

気付けば、麗美が俺を見下ろしていた。

クラスメイトたちは既に各々移動し、教室にいるのは半数程度。

その半数程度の視線が、一気にこちらへ集中したのを感じ取る。

「よかったら、食堂に案内してくれる？」

「え……なんで？　いいけど、ていうかめっちゃありがたいけど」

「柚葉さんが、吉木君なら食堂のメニュー全食把握してるって。……ほんとなの？」

「えっ」

ジトッと目を細める麗美をよそに、俺は思わず教室の出入り口に視線を投げた。

先程いなくなったはずの柚葉がそこにいた。

柚葉は俺の行動が分かっていたようで、目が合うなり口パクを始める。

『良きにはからえ！』

そう伝えてくるなり、柚葉は廊下へ消えた。

……これぞ〝二組の太陽〟のお恵みか。

お陰でボッチ飯は回避できそうだ。

「どうしたの」

「あ、いや何でもない。麗美、食堂が何て？」

麗美は目をパチクリさせた後、顔を近づけ、早口かつ小声で言った。

「ちょっといきなり下の名前で呼ばないでよ誤解されるでしょ！」

「あ、ごめんつい。……けど、苗字《みようじ》呼びびって逆に緊張するかも。変に呼び方変えて、話したいこと話せなくなるのも嫌なんだけど」

「そう……じゃあ……そのままでいいわよ……」

麗美はめちゃくちゃ渋々頷《うなず》いて、顔を遠ざけた。

イイ感じから程遠い反応だが、まあこれだけ時間が経《た》てば仕方ない。

むしろイイ感じに関しての質問をする上では、今がベストな関係性なのだ。

「それで、食堂に行くのはオッケー？」

「あ、俺はオッケー。でも女子メンバーで食べるんじゃないのか？」

黒板前に目をやると、女子たちが手を振っていた。

主に麗美に向けてだけど。

麗美は和やかな笑顔で手を振り返し、仏頂面で俺に向き直る。

「誘ってもらえたんだけど、柚葉さんには皆《み》んなの前であなたを勧められたし。私も案内が絡むんだったら吉木君がいいのかなって。一応メンツ立ててるつもりよ」

「考え昭和か、案内役にメンツなんかねえよ。とっくに先週お役御免になったし」

「そう？」

「そうだ。てか、麗美もそろそろ吉木君呼ばわりやめろよな」

苦情を言うと、麗美は眉を顰《ひそ》めた。

「なによ、呼ばわりって酷《ひど》い言い方ね。そんなに君呼び気に入らなかったかしら」

「とりあえず、余計な距離感ができそうなことはやめてくれたら助かる」

こういうことを、他の女子にも言えたらいいんだけどな。俺は気持ちを切り替えて、腰を上げた。

「男女の適切な距離感のような……でもいつか幼馴染ってことがバレるなら君呼びは逆にダメ……？　冷たく思われるかしら……別に幼馴染くらいならバレても支障ないって思ってたんだけど……」

後ろから麗美の真面目な呟《つぶや》きが聞こえてきた。

◇◆

ザワザワとした喧騒《けんそう》。

食堂は高校生の味方だと思っていた時期が俺にもあった。

だけど一食五百円は、高校生の財布にはちょっとばかし贅沢《ぜいたく》すぎる世界だ。

物価高騰の影響とか詳しいことは分からないけど、三百円くらいになってほしい。せめて四百円。

「うそ、殆《ほとん》どのメニューがワンコインなの!?　食堂ってお得なのね！」

「これが金銭格差……！」

俺は歯軋《はぎし》りしながら項垂《うなだ》れた。

俺のお小遣いでは、食堂でご飯を食べられるのは月に一、二回程度。

今日がその貴重な一回だというのに、麗美は毎日でも良さそうな口振りだ。

……これから麗美に食堂へ誘われた時は、菓子パンを持ってついていこう。

俺は決死の思いで四百五十円の塩ラーメンを購入し、端っこの席へ移動する。

少し遅れて正面の席に座った麗美は、また男子の視線を連れてきている。

俺は気にした様子を悟られないよう、彼女の昼食に目をやった。

「うお、この学校でそれ頼むやつ初めて見たな」

憧れのスペシャル定食だ。

おかずは鯖《さば》の味噌煮《みそに》、そして唐揚げが三つもついている。

カウンターに貼られたメニュー表に目を凝らすと、九百円と記載が見えた。

「これ珍しいの？」

「くっそ羨ましい……！」

大好きな塩ラーメンなのに、何だか今日は美味《おい》しさが半分、いや三分の一くらいに見える。

俺の反応に、麗美は苦笑いした。

「なに、コレ欲しいの」

「いいのか⁉」

「そんなに見られたらね。あげるわよ」

「よっしゃまじ感謝！」

俺は麗美のお皿にお箸を伸ばそうとして、ピタリと止めた。

つい昔のノリで貰《もら》おうとしたけど、こういう時は麗美が渡してくれるまで待つべきか。

「気にしないわよ。勝手に取って」

「お、おう。さんきゅー」

……心読まれた。

さすが幼馴染だと感心しながら、俺は唐揚げを一つ貰った。

「そういえば、二組って誰がリーダーなのかしら。まだ五月下旬だっていうのに、かなり和気藹々《わきあいあい》としてるけど」

「俺かな」

「却下」

「却下とかあんの⁉」

「一応言っておくけど、私は真面目に聞いてるのよ？」

麗美は水を飲んで、言葉を続けた。

「早い段階でクラスの人間関係を摑《つか》めたら、後々楽なの。前も言ったけど、私無難に生きたいし」

「へえ。ならこういう話題も俺以外にバレたらダメージでかそうだな」

「そうね」

麗美はこともなげに答える。

こんな話を転校二週間目からしようものなら、クラスの連中からいけすかないキャラに認定されてもおかしくない。

転校生本人に悪気はなくても、クラスメイトにも受け入れる側の準備というものがある。目の前にいる二階堂麗美というただでさえ鮮烈な存在では、尚更《なおさら》消化するのに時間が必要なのだ。

「だから涼太《りょうた》に訊いてるの。あなたとは昔から散々一緒にいたし、私が何言っても角立たないから。そういう意味でも、あなたがいて助かってるわ」

「そりゃ良かった。まあ俺からしたら、表であの頃の唯我独尊な感じを見られなくなったのは残念だけど」

「あなたこそ表でのデリカシーの無さはマシになったわね、残念だけど」

「俺のは良いことですよね⁉」

「私のも良いことでしょ⁉」

麗美は反論してから、サッと周りを見回した。

幸運にも誰にも見られていなかったようだ。

俺はラーメンを啜《すす》って、思考を巡らせた。

麗美との空気感が昔に戻ったからか、喋っている間は怖いもの知らずだった自分に戻れる。

考えてみれば当然だ。

人は仲良くなるに連れて、少しずつ自分の内面が露《あら》わになる。

麗美に関しては、それがたった数時間でこじ開けられ、昔に戻ることができた。

それは多少なりとも人格ごと回帰したのと同義。

トラウマを植え付けられる前の俺に。

つまり俺は、麗美との時間を多く過ごせば傷を癒《いや》すことができるのかもしれない。

それは仮初の癒しに等しいが、そういう時間も克服に繋《つな》がってくれるのだと思うと、心底ありがたい話だ。

俺は思考を纏《まと》めながら、塩ラーメンのスープを飲んだ。

「まあその転校生キャラが意外とサマになってるのは認めるよ」

「その割には気に入らなそうだけど」

「……気に入らないっていうか」

憧れていた頃の麗美がいなくなるのは寂しいというエゴ。それは確かに存在している。

この心情は、言い方を変えれば〝気に入らない〟になるのだろう。

だけど、麗美の選択を尊重するのもまた幼馴染《おさななじみ》としての役目だ。

俺は肩を竦《すく》めて、言葉を連ねた。

「ピアスもインナーカラーの髪も目立つだろ？　単純に、無難に生きたいっていうのと矛盾してるような気がするだけだよ」

「ああ、コレ？」

麗美は髪を手で梳《す》いた。

髪の靡《なび》き方から、毛先まで手入れが行き届いているのだとすぐ分かる。

俺みたいにお洒落《しゃれ》に疎い男子にも伝わるなんて、相当時間をかけているに違いない。

「こういう自我を捨てたくなかったら、一層言動に気を付けなきゃって思うだけ」

「……そうか。安心したわ、そういうところは変わってねえのな」

ファッションカラーは違えど、麗美の思想は柚葉に似ている。

即《すなわ》ち、自己表現。

柚葉由衣に勝るとも劣らないスタイルに、キチンと着こなされた制服。

肌を隠すからこその妖艶さは、彼女のピアスとインナーカラーがより強調している。

麗美の言う無難やお淑《しと》やかからはかけ離れているが、確かに言動にさえ注意すれば周囲から反感を買う可能性も低いだろう。

こうして周りに迎合していくことが、大人への第一歩なのかもしれない。

そう考えながら、水を喉に流し込む。

「にしても、まじで見た目も変わったよな。記憶にいるお前と全然違うっていうか」

顔立ちより、スタイルの変化が著しい。

柚葉で多少の耐性がついていてもそう思うのだから、周りが騒ぐのも頷ける。

「……ねえ、それどこ見て言ってるのよ」

麗美がジトッと目を細めた。

「ああ？　いや。ははは」

今の俺は、麗美とは大抵のことを話せる仲に戻れた。

まだ記憶の中の麗美と若干の乖離《かいり》があるので、デリケートな話は足踏みしてしまうが、ここらで一度どの程度踏み込めるか試してみるのもありだろう。

えっと、この場で一番勇気のいる回答は。

「そういう気持ちがあるなら、ちょっとは隠そうとしなさいよ!?　どうして堂々と答えられる訳!?」

麗美は口をパクパクさせて、ボッと頰《ほお》を赤くした。

言いすぎだろ俺。

「なっ……なっ」

「胸見てた」

「いやコレにはちゃんと理由があって、俺らが何でも話せる仲になってるか試したというか！」

「全然弁明になってないわよ！」

俺は周囲を気にして「しーっ！」と制止する。麗美は渋々口を噤《つぐ》んで、大きく溜息《ためいき》を吐《つ》いた。

「言われてみれば、昔のあなたがそのまま成長したらこうなりそうだけど……男子ってほんと最低ね」

「待て待て、男子の名誉のために言うけど皆んなが皆んなこんなんじゃないぞ。さっきのは試したんだっ」

「あなたさっきから釈明できてるつもりかもしれないけど、それはそれで罪深いんだからね」

麗美は恨めしげに返して、サバ味噌をベリベリィ！　と勢いよく割く。

……俺に見立てて割いたんじゃないだろうな。

「大体、柚葉さんで見慣れてるでしょ。あなたたち随分仲良いみたいだし。一緒に授業遅刻してきたり」

「あー……あいつ朝弱いからな。眠そうな時は、目覚ましに付き合ってやることに決めてるだけだ」

「へえ？　そんな気遣い、昔の涼太なら考えられなかったわね」

麗美はそう言って、サバ味噌を一口食べた。

「んなことねえだろ。俺、小六らへんはちゃんと気遣ってたぞ」

「ほんとに？　それにしては皆《み》んなの前で随分いじってくれてたけど」

下手な冗談が次々フラッシュバックする。

「そ、それは何というか……男子小学生の悲しき性《さが》といいますか。場を盛り上げようとしてですね」

「周りに気遣ってたってこと？　それこそ意外ね」

麗美は軽く笑った。

「……あの時の麗美グループってイケイケなやつばっかりだったし、俺も冗談言わなきゃ置いてかれるって思っちゃったんだよ」

当時の心情を吐露すると、麗美は小首を傾《かし》げる。

「分からないわね。どうしてそう思ったのよ」

「だって……あの中で俺が一番つまんない人間だったから」

つい、情けない心境を口にした。

俺の発言に、麗美は眉を顰《ひそ》めた。

「……つまらなくないわ。私があなたにいてほしかったんだから、それが全てじゃない」

……こんなに直接的に励まされたのは、麗美が転校する前を含めても初めてかも。

「そうでなきゃ、二人で遊んだりもしないから。家で遊んだくらいよ？　お泊まりだって――」

麗美はそう返してから、また口を噤んだ。

若干恥ずかしそうに口を結んでいる。

……お泊まり。

めちゃくちゃ小さい頃の話だけど、一緒にお風呂に入ったことさえある。

麗美が覚えていたなら、帰り道で簡単に「手でも繋げばいい？」と言えるのも納得できる。

俺が覚えているかで言うと――

脳内で、何故《なぜ》か今の麗美で裸姿が再生された。

俺は慌てて裸の妄想を頭から追い出す。

今度こそ自然と視線が胸の位置に落ちそうになっていたので、俺は理性をフル活用して押し戻す。

幸い麗美は羞恥心を食事で紛らわせているようで、サバ味噌をぽんぽん口に運んでいた。スペシャル定食は女子には多そうだけど、ペロリと完食できそうなペースだ。

俺も気持ちを落ち着かせながら塩ラーメンを啜っていると、麗美が思い出したように訊《き》いてきた。

「そういえば、涼太って花園さんとも仲良いの？　さっき廊下で話してたけど」

「……それも見てたのかよ。仲はなー、どうだろな」

フラれてしまった今でも、他の男子より喋《しゃべ》れる自信はある。

――私ね、よっしーのことは友達だと思ってる。

少なくとも、あの時の言葉が変わっていなかったらだけど。

「あはは、なによその複雑そうな顔。花園さんと何かあったの」

「いや……別になんもないんだけど」

「好きだったとか？」

「ブ――――ッ」

「キャァア⁉」

横に水を吹き出すと、麗美がお淑やかの〝お〟の字もない声を出した。

咄嗟《とっさ》に横を向いて壁に吹いたのだが、あとコンマ数秒遅ければ麗美の顔面に吹き散らすところだった。セーフ。いやアウトか。

「最悪、これどうするのよ……！」

「ごめんごめんごめん！」

俺は急いで手元にあったふきんで壁と机の水滴を拭き取っていく。

すると、ふきんを持つ手がコップをガシャーンと弾《はじ》き飛ばした。

水が麗美のシャツにかかり、肌色の斑点をつくる。

そして水が滴り、下着の一部が浮き出た。

……終わった。

「念のために訊くわね。わざと？」

「いや、まじでわざとじゃない。そんなん狙えたら今頃何かしらの世界選手権に出場だ」

めちゃくちゃな返答の自覚はある。

麗美は呆《あき》れたように溜息を吐いた。

「もういいわ、私がやる。ふきん貸して？」

「え？」

俺が反応する間も無く、麗美は俺の手からふきんを取った。

白くて華奢《きゃしゃ》な手が、机を目まぐるしく移動する。

あっという間に水滴を拭いていく麗美に、昔の面影を感じた。

……そういえば、自宅でお茶を溢《こぼ》した時も同じようにしてくれていたっけ。

床に溢れた水滴も拭くため、麗美は四《よ》つん這《ば》いになった。粗方拭き終わり、俺の視線に気付くと目を細める。

「突っ立ってるくらいなら新しいふきんでももらってきてほしかったんだけど」

「あ、ごめん。ありがとうって思ってた」

「そういうのはちゃんと口に出しなさいったら」

麗美はそう返して立ち上がった。

スカートの汚れをパタパタと叩《たた》く姿は、どこか母性を感じさせる。同年代より明らかにしっかりしていそうな空気感があるからか。

麗美が席に腰を下ろした時だった。

数メートル先から、無遠慮な声が聞こえた。

「オッワ、あれ転校生じゃね？」

「うお、マジだクソ美人！」

麗美の眉がピクッと動く。

俺もお箸を持ったところで止まって、耳を澄ませた。

「え、アレ二組の花園越えるんじゃね？　俺まじタイプだわ」

「全然タイプ違《ちげ》えけど、俺も転校生の方が好きかも。あの子名前なんていうんだっけ」

「さー」

上履きの色を確認すると、どうやら同学年らしい。

イケイケな雰囲気を持つ男子三人が、好奇心旺盛な表情でこちらに視線を送っている。

俺は手で口元を隠して、麗美に声をかけた。

「……こっちに丸聞こえだな」

「聞こえるように言ってるんじゃない？　遠回しのアピールね」

「え、そんなことある？」

「全然ある。ほんと、よくあるわよ」

麗美は澄まし顔で水をコクリと飲む。

そんな日常的な仕草さえも画《え》になる美人なので、あの男子たちの気持ちも分からなくもない。

……転校前、似たような絡まれ方が多々あったのかもしれないな。

この前、タケルが麗美から感じ取った自衛の空気とやらは、纏《まと》って然《しか》るべきだった可能性がある。

無難に生きたいという主張も、こういう状況から生まれたんだろうか。

「それって疲れないか。中学そんな感じだったのかよ」

俺の問いに、麗美は苦笑いした。

「おめでたいわね、こんなの小学生の時からよ？　涼太が気付いてなかっただけ」

「まじ!?　全然気付かなかったぞ俺」

「知ってるわよ、だから今おめでたいって言ったでしょ」

言葉を返そうとした時、また男子たちの声が耳朶《じだ》に響いた。

「隣のやつ誰？　何部のやつだアレ」

「知らねえ、とりあえずウチの体育館では見たことないな」

「あれだろ、二組の柚葉と噂《うわさ》されてたやつ。デマらしいけど」

「あー出た、それ知ってるわ！　あのデマひどいよなー、柚葉の彼氏候補となりゃもっと他にいるだろーに」

……おーい、聞こえてますよ。

まあ中学生時代の直接的な悪口よりはマシだからいいですけどね。

柚葉と俺が釣り合っていないことなんて、俺が一番分かっている。

柚葉やタケルに引っ張り上げられてようやくクラスカーストが中の上レベルになるのだから、単独ではお察しだ。

今更の評価に、俺は気にせず水を飲み干す。

すると、前方から圧力を感じた。

視線を上げると、麗美がめちゃくちゃ睨《にら》んできていた。

なんで俺を睨むんだよ。

「アイツ、なんで転校生と二人なんだろ。口説いてんのかな」

「まじか、柚葉で叶《かな》えられなかった夢を現実にしよーとしてる？　いやでもナイだろ」

男子がケラケラ笑ったところで、麗美は立ち上がった。

……おいおい、何する気だ。

麗美は眼光を鋭くさせて、男子の方に足を踏み出した。


――やばい。


俺はそう直感した。

慌てて笑みを作り、声を大きく張り上げる。

「おい、お前ら聞こえてたぞー！」

男子たちはすぐに気付いて、「ヤバッ」と声を残して視界から消える。

去り際に「謝っとけって！」という声が聞こえた。

どうやら興奮して声が大きくなっただけで、俺本人に聞かせる気はなかったようだ。

何かをし損ねた麗美は、苛立《いらだ》ちの表情を浮かべて振り返った。

「どうして邪魔したのよ！」

「いやいや、目立ちたくないってのはどこ行ったんだよ！　昔みたいにボロクソ言いそうな空気出てたぞ!?」

「目立ちたくないのと、こういう場で言い返さないのは話が別よ！」

やっぱり男子たちに物申そうとしていたらしい。

俺のよく知る二階堂麗美だ。

「気持ちは嬉《うれ》しいけどな。せっかくこの一週間上手《うま》くいってたのに、あいつらが言いふらしたら努力が台無しになるだろ?」

麗美は唇を噛《か》んでから、気を取り直すようにフウッと息を吐いた。

「……舐《な》めないで。仮にアイツらが言いふらしたところで、私を怒らせたっていうマイナスイメージの方が強くなる。それくらいの積み上げはこの一週間でしてるはずよ」

「その自信はさすがだけど、それで俺との仲が噂になったらどーすんだよ」

「その時はその時ね」

こともなげな回答だった。

もう少し動揺するかと思っていたけど、承知の上だったのか。

「逆に涼太はなんで言い返さなかったの?」

麗美の質問に、俺は首を傾《かし》げた。

「言い返してはいただろ? 実際牽制《けんせい》できたぜ」

「聞こえてたぞって言っただけじゃない。あんなの全然言い返してないから」

「あー、そういう……でも別に悪口言われた訳じゃないしな」

「……ちょっと待って。どう考えても悪口でしょあれは」

麗美は冷たい声で返した。

どうやら俺の態度がお気に召さないようだ。

……勝ち気なところも変わってないな。

「そうかもしれないけど、あれくらい他クラスに角立てるほどのもんじゃない。高校生活を上手くいかせたいのはお前だけじゃないんだよ」

俺が軽く笑ってみせると、麗美は怪訝《けげん》な表情でこちらを見つめた。

「……そう。涼太、やっぱり中学は上手くいかなかったんだ。ハンド部辞めたのもそういうことなのね」

——図星。

麗美が転校していた間も上手くやっていたという見栄《みえ》を張りたい気持ちもある。

だがこの調子じゃすぐバレそうだ。

俺が答えられずにいると、麗美が続けた。

「……強いのね。アレが気にならないなんて」

「強い？」

「ええ。私だったら、今みたいに速攻噛みついちゃうもの。それって一人で抱えきれないから、その分を外に発散してるだけだと思うし。……あなたの問題なのにね」

「……んなことないだろ。今アイツらに向かっていこうとしてくれたのは、麗美の根が変わっていないだけだ」

「え？」

俺と麗美は同じだと思っていた。

俺も麗美も、小学校低学年の頃は怖いもの知らず。

以降の俺は無難に生きるのが正義だと迎合し、その分自分を貫く幼馴染《おさななじみ》を眩しく思っていた。

だから俺は、憧れていた幼馴染が自分と同じく迎合したことに対し、勝手に失望していたのだ。

でも、全然違った。

麗美の根底は変わっていない。

今だってあの男子たちの悪口が自分に向いていないのに、麗美には行動できる強さがあった。彼女にはいつでも行動に移せる強さがある。

それは変わらず俺にはないものだ。

「お前、やっぱカッコいいよ」

「そ……ありがと。今は素直に受け取っておくわ」

麗美は目を伏せて、言葉を続けた。

「でも、あなたも一人で抱えるだけじゃダメよ。私で良ければ聞いてあげるから」

「……そうか。さんきゅ」

「いいえ」

麗美はお箸を置いて、俺を見つめた。

「言っておくけど、私あなたに頼られたら少しくらいは嬉しいからね。ていうか幼馴染なのに頼られなかったら、それこそムカつく」

──俺たちは幼馴染。

小さい頃に出会っただけの、運が全ての関係性。

だけど、彼女がそう言ってくれるなら。

「……最近悩んでたことがあるんだ」

「……うん。続けて」

「──俺たちイイ感じになったことあるか？」

「はい？」

麗美は目を瞬かせた。

沈黙が降りる。

俺は内心焦燥感を覚えて、慌てて付言した。

「えっと、これ恋愛の話なんだけどさ。俺イイ感じって雰囲気が分からなくてよくフラれるんだよ。それが最近の悩みだ」

ピンとこないというように、麗美は小さく首を傾げた。

「……よく分からないけど。可愛《かわい》いところあるのね」

俺は口を噤《つぐ》んだ。

……この話を続けてもいいものか。

少し逡巡《しゅんじゅん》した末、言葉を返す。

「そう言ってくれるのはありがたいけど、麗美は昔から知ってる仲だからな。こういう男子の勘違いって、女子にとっては恐怖でしかないだろ？」

「……そうかも。確かに私にも覚えがあるし」

麗美は苦笑いをする。

……お、俺のことじゃないだろうな。

そう恐れていたら、麗美は人差し指を顎に当てた。

麗美が何かを思案する時の癖だ。

暫《しば》く待っていると、やがて彼女はあっけらかんと口を開いた。

「うん。それなら、どこかの週末一日だけ付き合ってあげるわ」

「へ、週末？」

俺は思わず訊《き》き返した。

てっきり今、ここで話を続けるのかと思っていた。

週末に二人きりなんて、まるでそれは――

「――デートみたいだ」

声に出てた。

麗美は目をパチクリさせて、コクリと頷《うなず》いた。

「そうね、私と一日だけデートするチケットをあげる。そしたら少しは女子慣れするんじゃないかしら」

「……ま、まじか」

麗美は周囲にクラスメイトがいないことを確認してから、また水を一口飲んだ。

デート、デート……デートか。

その響きはとても甘美だ。

デートといえば、イイ感じという関門を越えた先に待っている次のステージ。

「特別だからね。幼馴染の特権よ？」

「……ありがてえ。ちなみにそのチケットはいつでも使えるのか？」

好きなタイミングで使えるとしたら、それこそ僥倖《ぎょうこう》だ。

「うーん……そういうことにしてあげる。だから、使いどきは考えなさいね」

「じゃあどこでも大丈夫なのかっ」

「……常識の範囲内なら」

「わ、分かってるって」

俺は勢いよく塩ラーメンを啜る。

さっきは、麗美のご飯と比べて見劣りした塩ラーメン。

月一でしか味わえないスープが口内に広がり、今になって染み渡る。

やっぱりコレ、めっちゃ美味《うま》いかも。

▽七話　クラスの太陽

麗美《れみ》からデートチケットを貰《もら》って一週間が過ぎた。

梅雨が近付いてきたからか、燕《つばめ》が低空飛行で旋回している。

きっともう少ししたら姿を消してしまうだろう。

梅雨前の湿気が蒸し暑さを連れてきたというのに、俺と柚葉《ゆずは》は屋上でお弁当を広げていた。

「クソ暑い……なんで屋上で飯なんだよ……」

日陰の位置に腰を下ろしているというのに、身体《からだ》を芯からジワジワ沸騰させるような暑さだ。

「吉木《よしき》とランチなんて珍しすぎだから、雪降ると思ってさー。そしたら降らなかった！」

「返事が適当すぎんだよ、そろぼち冬から一番遠い季節だぞ。てか今更だけどなんで柚葉が屋上の鍵持ってんだよ、生徒会じゃあるまいしっ」

柚葉とお弁当を食べるのも珍しいが、それ以上に屋上に立ち入る希少性が高すぎる。屋上なんて人生初めてだ。

屋上に誘ってきたギャルは、愚問と言わんばかりの表情を浮かべた。

「え？　かっぱらったに決まってんじゃん」

「決まってないですけど⁉　やばいじゃんバレたらめっちゃ怒られるんじゃ⁉」

「あはは、ビビりすぎだって！　よゆーだし、廊下に落ちてたの拾っただけなんだからっ」

柚葉は余裕綽々《よゆうしゃくしゃく》に返事をして、俺の弁当から「いただき！」とシュウマイをかっぱらった。全然大丈夫じゃない鍵の件なんて、すぐに意識から吹っ飛んだ。

「盗人《ぬすっと》め……俺は貴様を許さない……！」

「吉木って中学の時から食い意地ヤバいよねー」

「盗まれたんだから当然の反応だろ‼　返せ、それかもっと良いおかずと交換しろ！」

「なら豚の生姜《しょうが》焼きあげる。一つと言わず二つネ」

「え、まじで？」

弁当箱に投入された男子の大好物に、思わずテンションが上がる。

視線を上げると、柚葉が盛大に笑った。

「あはは、単純すぎてカワイー！」

「くっそすぐに釣られる自分が憎い……！」

そうは言いながらも、食べ物に罪はない。

生姜焼きを口に放ると、甘い肉汁が溢《あふ》れ出した。

辛めの味付けを想像していたが、これはこれで美味い。というかめっちゃ好みかも。

咀嚼《そしやく》した顔から幸福感が漏れていたのか、柚葉は弁当箱からもう一枚生姜焼きを摘《つま》み出した。

「はい、吉木。あーん」

「なあ、普通に弁当箱に入れてくれよ。ちょっと気まずいだろ」

「えー、なにそれ童貞すぎぃ」

「童貞にすぎるとかあんの？　ないよね？」

「めっちゃあるケド？」

「あんのか……そうか……」

それなら童貞じゃないってところを見せてやろう。童貞だけど。

俺は弁当箱にお箸を置き、柚葉に向き直ってから目を閉じた。

「いい子いい子！　はい、あーんっ」

「……あーん」

「はい目を開けてください、お望み通りお弁当箱に生姜焼きを入れましたよ」

「てめぇ!!」

柚葉はお腹《なか》を抱えて笑い転げる。

掌《てのひら》で踊らされる俺の様子が余程お気に召したらしい。

「もういい！　生姜焼きは食うけど、この先柚葉と昼飯食う気失《う》せた！」

「ゴメンゴメン、お詫《わ》びに卵焼きあげる！　もうあーんとかもしないし、からかわない。

柚葉家秘伝の卵焼きだし、食べてマジ損ないよ？」

「ぐ……」

卵焼きはどのお弁当にも入ってるほどメジャーながら、味は家によって様々。

柚葉家秘伝の卵焼き、正直めっちゃ気になる。

「仕方ないな。それで手を打ってやるよ」

「やった！　うちの卵焼きってめちゃ甘だけど大丈夫そ？」

「中にハムが入ってるやつが好きだ。それ以外の卵焼きはお詫びとして認めない教」

「卵焼きの中にハムってどーいう状況？　変わってんね！」

柚葉は何故か嬉《うれ》しそうに言って、卵焼きを分けてくれた。

口に入れると、確かに甘かった。砂糖のバランスが丁度良く、これはこれでアリかもしれない。

「ど？」

「美味い。柚葉家中々やるな」

「そっかそっかぁ、ホッとした。それあたしが作ったんだよねー」

俺は固まって、柚葉に目をやった。

学校一のギャルが、少し緊張した面持ちで上目遣いで見てきている。

「あたし何気に友達に料理食べてもらったの初めてかも」

「……まじかよ」

内心小躍りしそうになった時、脳裏に中学時代の光景が浮かぶ。

そういえば、柚葉って他の男子と普通に交換しまくってたような。

「あれ、去年給食ない時とか皆《み》んなと交換してたよな？」

「うっわバレた。記憶力ゲキヤバ！」

「そうでもないぞ、まだ一、二年の付き合いだしね？　ていうか単純に嘘《うそ》つかないで!?」

「まだ一、二年って、結構付き合い長いしソレ！　人を大事にしない男子は二階堂《にかいどう》さんにも花園《はなぞの》さんにも逃げられちゃうよぉ！」

「ピンポイントすぎんだよ対象が！　あと話逸《そ》らしてんじゃねえ！」

俺がそう喚《わめ》くと、柚葉はケラケラ笑った。

前から思っていたが、柚葉は俺が喚くと全部笑う。

根本的に人をからかうのが好きなんだろう。

「そういやさー、吉木今日返ってきた現代文の小テストの点どうだった？」

「八十一点」

「あたし百点！」

「嘘つけ！」

「バレた？　九十三点だったー」

俺は卵焼きを摘んだお箸を止めた。

「……嘘だよな？」

「ガチ、一問間違い。さっきから自慢したくてウズウズしてた」

「ギャルに負けるなんて……⁉」

「ひど⁉」

このギャル、意外に頭良いのか。

同じ高校だから大きな差はないと思っていたが、負けるなんて考えてもいなかった。

だって、だって遅刻魔だぞ。

「ふんふんふーん」

俺の反応がよほど気に入ったのか、柚葉は鼻歌を歌う。

ご満悦なギャルに、俺は悔しさを紛らわせるため、さっきから気になっていることを訊いた。

「つーかそろそろ本題入ろうぜ。花園とどうやって繋《つな》げてくれるか教えてくれよ」

「えー？　あー、それね。まだ全然思いついてないよ？」

「なんで今日誘ったんだ⁉」

「自慢したかったんだって！」

「そんな理由かよ……！」

「あはは！」

柚葉は気持ち良さそうに笑い声を上げる。

「あとは、二階堂さんが転校してきてからあたしらの噂《うわさ》、残り火すらサッパリ無くなったから。ボチボチ二人行動もいけるかなって」

「……その検証も兼ねてるってことね」

「そそそ」

相変わらずマイペースすぎるが、二人のことを考えてくれていたのなら糾弾しづらい。

前に二人で授業に遅刻したけど、あの記憶は抜け落ちているのだろう。

まあ、今日のところは例の件でも報告しておくか。

「そういや俺、その二階堂からデートチケットもらったんだよな。いつ使うか迷ってるけど」

柚葉は目をパチクリさせた。

「デートチケット？　なんそれ」

「あれだよ。なんかラノベに良くありそうなワード」

「ラノべ？　なんそれ」

「心が痛くなってきた……」

俺は胸を押さえた後、麗美との出来事を一部抜粋して伝える。

あらましを話し終えた時、柚葉はガバッと腰を上げて見下ろした。

「うわ——バカ⁉　マジバカ⁉　それマジ口説いたらイケたっていうか、せめてゼッタイ当日にラインすべきところじゃん⁉」

「どこに口説く要素あったんだよ⁉　てか見える、見える！　スカート短いんだからそんな無防備に立ち上がらないでくれますか！」

「今スカート関係ないし！　そんなん言ってたら一生恋愛できないって話！」

「できるわ、ギャルの特殊恋愛とかじゃなければな⁉」

「は、あたし普通だから⁉」

「この前〝あたしにとっての普通が違うだけだから〟とか言ってただろ、俺の普通とは違うんだよ！」

　売り言葉に買い言葉。

　俺たちの仲では時折あるじゃれ合いだ。

　だが、柚葉はパンチを食らったように口を閉じた。

　……この反応は珍しい。

　柚葉はブスッと口を尖《とが》らした後、腰を下ろした。そして、小さく息を吐く。

「……おーい、何元気無くしてんだよ」

「……んーん。やっぱ吉木もあたしのこと普通じゃないって思ってんだなって」

「いや、まあ……そりゃそーだろ。二組の太陽なんだから、普通じゃなくて当然だって。俺とは違うし」

　下手な謝罪よりフォローを優先した。

　しかし、柚葉は苦笑いして空を見上げた。

　一面灰色の空から、僅かな陽光が漏れ出している。

「二組の太陽ってさー。多分、吉木が思ってるニュアンスじゃないんだよね」

「え？　そうなのか」

俺は目を瞬かせる。

いつの間にか、柚葉の表情にも陰りが見えていた。

「もちろん、吉木みたいに良い意味で使ってくれる人もいるケド」

「……悪い意味が含まれてんのか。ごめん、俺気付かなくて」

「んーん。吉木に悪気ないのは知ってる」

柚葉は肩を竦《すく》めた。

「じゃあ、太陽って呼ばれるの嫌だったのか？」

「……吉木に言われたら嫌かもね」

「どんな意味が込められてんだよ」

柚葉に対する噂なんて一瞬で回ってきそうなものだ。

だけど俺が柚葉と仲が良いのは周知の事実ということを考慮すれば、この状況にも納得できる。

「その呼び方使ってるのって男子だけでしょ。それで察してほしーかも」

「言われてみればそうかもしれないけど。……でもごめん、察するのは無理だ。まじで今寝耳に水だし」

「えー」

柚葉は心底ダルそうに目を細めた後、「まー吉木にならいっか」と息を吐いた。

「頼めばヤらせてくれそーって意味」

俺は口を閉じた。

……まじか。

俺、今までに柚葉に何回太陽って言った？

その度に嫌な気持ちにさせてしまっていたのか。

……思えば、柚葉からこの手の話をされるのは初めてだ。

クラスのリーダーのようなポジションなのに、自分に対しての下劣な噂が耳に届く。

柚葉の気持ちを考えたら、どうフォローしたらいいのか分からない。

頭を悩ませていると、柚葉は苦笑いをしてお箸を左右に振った。

「あはは、気まずくなんないでいーよ。吉木が知らなかったのも、あたし分かってるし」

「いや……でもな、知らなかったとはいえ教室でも言っちまったし……くそ、なんで太陽がそういう意味になるんだよっ」

「んー。……太陽は誰でも照らしてくれるから。そーいうニュアンスらしーよ」

「……そこに掛かってんのか。タケルは知ってんのかな」

「有野っち？　さあ、知らないと思うけど。分かんないね、ソコらへんは」

……あいつ、実際はそこまで柚葉と懇意じゃないしな。

タケルは柚葉に対して推しというワードを使うあたり、本人が傷つくようなことは言わないだろうけど。

思い返せば、柚葉のタケルに対する態度は若干そっけなかった。

あれは単に自分の悪口を言っていないか信用できないだけだったのだ。

「今の聞いて、吉木はどー思った？　あたしヤラせてくれそーって思う？」

視線を移すと、柚葉の着崩した制服姿が視界の隅に移動した。

先程もそうだったが、柚葉は気まずくなる空気を嫌う。

俺は話しやすい空気を作り出そうと、頭を捻《ひね》った。

その末に出てきた言葉は――

「そ……そうなのか？」

柚葉は目を瞬かせた。

そして。

「さ、さいてー!?　信じらんない、友達ってこーいう時慰めてくれるんじゃないの!?」

「ごめんあえて和ませようとして失敗した、和ませようとしただけでまじで俺はそう思ってないぞ本当にごめん!!」

ギョッとしたような声を出す柚葉に、慌てて俺は腕をバタバタさせて謝る。

いくらなんでも血迷いすぎた。

瞬時の判断をすると、麗美とガチャガチャやっていた時のデリカシーのない俺が出てきてしまう。

話すのが得意じゃないことと、人と傷つけることはイコールじゃない。

俺元来の性格が、時折軽んじた言葉を紡ぎ出すのだ。

くそ、俺も麗美のように——相手が求めている言葉を伝えられるようになりたい。

せめて、良い空気を作るだけでも。

普段要らないことばかり思考するくせに、土壇場で言葉にできないんじゃ意味がない。

更なる謝罪を考えていると、柚葉は「なんだ」と口角を上げた。

「童貞ムーブってことネ。じゃーまあいいや」

「いいの⁉」

驚くと、柚葉はいつになく柔和な笑みを浮かべた。

「んー、いい。実際和んじゃったし。アハハ、思う壺《つぼ》かなこりゃ」

「それでいいのかは分からないけど……寛大な心に感謝」

「うん。なんか吉木らしーしね」

柚葉は口角を上げた後に、弁当箱の蓋を閉じる。

チラッと視界に入った中身は、まだ残っているように見えた。

「あたしってさー、ぶっちゃけ頼めばヤらせてくれそーって思われてもおかしくないって自覚あんだよね。確かに肌は見せてる方だからさ。さっきも吉木にスカート注意されるまで、あたし全然気にしてなかったもん」

「肌は見せてるかもしれないけど、それとこれとは別だろ」

「んー、そーかな？」

柚葉はすっくと立ち上がると、クルッと回転して向き直った。

スカートが靡《なび》き、一瞬太ももの奥の方まで見えた気がした。

「実際あたし、あんまそーいうコトに抵抗ないしね。バカにされるのが癪《しゃく》なだけ」

ワードを察した俺は、慎重に言葉を選ぶ。

「……でもそれをあだ名にする時点でまともな神経じゃねえよ。〝太陽〟なんて、陽キャとか、そっちから取るもんだと思うだろ普通。俺みたいに知らずに教室で呼ぶやつもいるだろうし、混在するのがタチ悪いぜ」

「そこはあたしもそー思うケド」

「じゃあなんで目立った抵抗しないんだよ」

「えー、納得しちゃう部分があるからかな。言ったじゃん？　普通って、あたしにとっての普通じゃないって」

「……あ」

……あれはこのことも指していたのか。

〝ギャル〟と〝普通〟の相性が悪いだけだと思っていた自分を殴りたい。

あれは太陽というあだ名のことを指していたのだ。

——くそ、この調子じゃ他にも見逃してるサインがありそうだ。

「吉木はこのクラスが上手《うま》く回ってるって言ってくれてたけど、多分そーじゃないんだよね。まだ入学して日も浅いから、そー見えてるだけ」

「……柚葉がそう揶揄《やゆ》されるくらいなんだったら、そうなんだろうな」

「それもあるけど。そもそも上手く回ってたら、あたしと付き合ってる噂《うわさ》が流れるくらいで、吉木に陰口とか起こんないから」

柚葉は壁にもたれ掛かった。

「……確かにあの時は結構言われたけど。あれを揶揄してたのは他クラス中心だったイメージだぞ？　実際、柚葉のグループが守ってくれて一瞬で沈静化したし」

生暖かい風が吹く。

柚葉は風に舞うリボンを指に絡めて、少し肩を竦めた。

「入学したてだったから守れただけだし、アレが冬ならどーだったろね。あたしらのグループは一番目立ってるだけで、高校生なんて皆《み》んな我が強いから。あたしも人を纏《まと》めるとか性に合わないし、てか元々向いてないし？」

珍しくネガティブな発言だった。……その理由は分かる気がする。

小学生の高学年時代、麗美は自然とリーダーとして立ち振る舞うようになった。

だが柚葉がリーダーになったのは中学三年生の時。

俺が女子に孤立させられるという出来事がなかったら、柚葉はリーダーになんて多分ならなかったのだ。

意図を持って名乗りを上げた、作為的なリーダー。

存在感だけで言えば、現リーダーの柚葉由衣《ゆい》よりも麗美の方が些《いささ》か大きかった。

それでも。

「向いてなくても、今クラス盛り上げてるのは柚葉だろ。休憩時間とか、柚葉の周りが一番楽しそうだ」

柚葉は目をパチパチさせる。

そしてプッと吹き出した。

「いいよぉ、そーゆーお世辞」

「まじだよ」

いつかの教室と同じように、けれど今度は俺が見つめる番だった。

柚葉は若干たじろいだような様子を見せた。

「あたし、美人ギャルだから一目置かれてるだけじゃない？」

「自分で言うな。それもそうかもだけど、潑剌《はつらつ》な言動で皆んなを沸かせてるんだろ。少なくとも俺は感謝してるよ」

俺が言うと、柚葉は控えめに髪をイジる。

ネイルで鮮やかになった華奢《きゃしゃ》な指が、ライトゴールドの髪を絡めた。

「……じゃー、その感謝だけは受け取っとく。ありがと」

「……おう」

「へへ」

柚葉は白い歯を見せる。そして、

「まー大きめのイザコザはなさそーだし、吉木が恋愛しないことへの理由にはなんないからね。早いところイイ感じについて確かめなよ？」

「今のでそこに着地すんのかよ⁉」

さすがの話題の軌道修正力。

話題変えに有無を言わさない勢いは健在で、少し安心した。

麗美は変わった。恐らく良い方向に。

誰だっていつか変わる時はくる。

だけどもう少しだけ、目の前にいる柚葉には、俺の知る彼女でいてほしかった。

寂しいという理由もある。多分、それ以外にも。

「だってさー、結局二階堂さんにイイ感じだったかどーかも訊《き》き出せてないとかマジなにやってたのって感じだし。もう一回訊かなきゃダメだからね」

「えー……イイ感じについて訊いた上でのデートチケットだし、正直そのチートアイテムを得られただけで今満足っていうか……」

「それじゃずっと童貞だから、イイ感じについて摺《す》り合わせしたいんじゃなかった？」

「恋愛したいから摺り合わせしたいんですけど⁉」

柚葉はペットボトルの水を飲み干し、静かな声色で答えた。

「……同じじゃん？」

「違いますよ？　全然違うよ？」

梅雨入りを感じさせる重苦しい空気。

それを撥《は》ね除《の》けるように、柚葉の乾いた笑い声が曇天の下で広がっていく。

燕《つばめ》の姿はすっかり見えなくなっていた。

◇◆

昼飯を完食した俺は、柚葉と中庭をブラついていた。

学校の昼休みは五十分もある。

俺はこの昼休みが、もっとも日常の中で過ごし方が分かれる気がしている。

誰かにとっては至福の時間、誰かにとっては暇な時間、誰かにとっては苦痛な時間。

ご飯を食べてからが昼休み本番の生徒は、食べるや否や運動場へ駆けて行く。俺も中一の時はそうだった。

中三の初期は、昼休み自体が苦痛だった。

今の俺も中一の時ほどアクティブな気分にはならないので、いつも談笑か睡眠だ。

でも、たまには散歩も悪くない。

柚葉といる時はいつも嵐のような時間なので、こうして二人でゆっくり過ごすのは殆《ほとん》ど初めてだった。

昼休みに中庭をブラつく機会はあまりないが、意外と柚葉もほのぼのとした表情を浮かべている。

あだ名の件もあるし、柚葉も最近疲れていたのかもしれない。

「……ん」

以前、花園と座ったベンチが視界に入った。

他の生徒から見えづらい場所にあるというだけで、早くも個人的なお気に入りスポットになりつつある。

「柚葉」

「ん。どったの？」

「あそこのベンチ座るか」

「……へー、こんなところにベンチあったんだ。あたし今から口説かれる感じ？」

「違《ちげ》えよ！」

柚葉じゃなかったら、この類の発言にはいちいち勘違いするところだ。

童貞キラーという単語がＳＮＳで散見されるけど、もしかしたら隣にいるギャルのためにあるのかもしれない。

二人でベンチに腰を下ろすと、柚葉が早速話しかけてきた。

「屋上での続きだけどさー。吉木が二階堂さんとのデートで摺り合わせできるの確定なら、あたし花園さんの件今から動いとくけど。どーする感じ？」

「……俺発信で言うのもなんだけど、柚葉めっちゃ催促してきてくれるよな。まさかここまで進捗確認されるとは思わなかったぞ」

「だって、イイ感じについて確かめる云々《うんぬん》は自分で言い始めたことじゃん。ガッカリさせないでよー」

「うぐ……」

自分の言ったことは守れという、至極真っ当な主張だった。

前のように〝面白いから〟といった発言なら、少しは撥ね除けられたのに。

「第一、あたしがこんな催促できんの今だけかもしんないんだから。あたしこれ以上遅刻増えまくったらワンチャン留年だし」

柚葉はクワッと欠伸《あくび》をした。

……そういや、柚葉今日も遅刻してたな。

「勘弁しろよ。お前、遅刻なんかでダブったらまじ勿体《もったい》ないだろ。俺より現文の点高いくせに」

「根に持つねー、そりゃそーなんだけど。朝起きられないんだモン」

「モンじゃねえ、目覚ましかけろ目覚まし！」

「かけてるし。そんな束縛してくんならさ、毎日モニコしてよ？」

「さすがに毎日は……」

……いや、実際そこまで嫌なお願いでもないか。

柚葉にモーニングコールなんて、一部の男子にとってはご褒美でしかないことだし。

迷惑そうな顔をしながらも引き受けたいという、何とも面倒な見栄《みえ》が働きそうになる。

でもやっぱり負担はデカいしな。

「……もしかしてマジで起こそーとしてくれてる？」

「まあ、気が向いたらな」

「いいって、冗談だから！」

柚葉は「いいやつめぇ」と、俺の肩をピンと撥ねた。

触れられた部位に、僅かな熱が灯《とも》る。

「うっせ。大体なんでそんな起きられないんだよ。普段何時に寝てんだ」

俺はそう質問して、身体《からだ》の火照りを誤魔化《ごまか》した。

柚葉は特に疑問に思っていない様子で、素直に答えてくれた。

「あー言ってなかったっけ。あたし毎日三時寝だよ。夜バイトしてんだよね」

俺は目を瞬かせ、言葉を返した。

「……まじか、何のバイトやってんだ。てかうちって確かバイト禁止じゃなかったか？」

「いかがわしいお店。詳細は内緒♡」

「いかがわしい……!?」

思わずベンチからガタッと立ち上がった。

いかがわしいって、もしかしてそういうことですか。

興味はありつつも、冗談じゃなかったら放っておけないような。

でもあからさまに訊くのも憚《はばか》られるし――

必死に思考を巡らせていると、柚葉は面白そうな声を出した。

「あはは、冗談だって。今の信じるとか私見て脳内ピンクになってる証拠じゃん。なんだー、やっぱ吉木もあたしに期待しちゃってる感じ？　いやはや困りますなっ」

「今のは誰だってそうなりますけど⁉　期待はしてねえよ、そこは友達として！」

「真面目ー、別に友達とかは関係ないのに。友達でもない人らにヤらせろって言われるのはヤだけどさ？」

柚葉は身をくねくねさせる。

……どこまで本気なんだこのギャルは。

こういうところが男心をくすぐるのだし、誰かに恨まれたりしてないだろうか。

最初に〝太陽〟と揶揄《やゆ》した人間は、柚葉のこの態度で拗《こじ》らせた可能性がなきにしもあらずだ。

柚葉は憂いの帯びた息を吐く。

「でもまー、実際バイト楽しくはないけどね。働かなきゃお金貰《もら》えない厳しさを実感ちゅー」

「……なんのバイトしてんだまじで」

今出ている情報だけじゃ、あまり良い職種は思い浮かばない。

「ならその格好も、ストレスの反動ってとこか」

「そーかも。吉木ヤなこと言うねー」

「……ごめん。今のかなり無遠慮だったな」

もう一度謝ろうとすると、柚葉は顔を寄せる。

そして俺の口元に人差し指を当て、また自分の唇に当てた。

ハリのありそうな唇が、一層艶《あで》やかに見える。

俺は身体に電撃が走ったように後ろにのけ反った。

「お前、まじそういうことするから……！」

「うちバイト禁止じゃん？　吉木に弱み握られちゃったんだし、媚《こ》び売ろうかと思って。ど？　言わないでくれる？　それとも足りない？」

「どうじゃねえ！　柚葉から言い出したんだろそれ！」

柚葉は人差し指を離して、ニコッと口角を上げた。

「じゃ、こーいうのやだ？」

「嫌って訳じゃ……ないけど。バイトしてること自体、簡単に他人に言うなっての。目立ってる分、僻《ひが》まれてもおかしくねえんだから」

「その時は吉木が守ってよ」

――あたしが吉木を照らしてあげる。

この前柚葉はそう言っていたけれど、逆の言葉を言われたのは初めてだ。

それを踏まえて、俺は答えた。

「荷が重い」

「ひど⁉　なんで⁉」

「そりゃあ、俺は柚葉と違って皆《み》んなからの信頼とかも普通だろうしな」

「そんなのかんけーないし！　てか別に気持ちだけ聞けたらそれで良かったんだけどー！」

「いや、引き受けないとは言ってないぞ」

「へ？」

柚葉は大きな目をパチパチさせた。

引き受けるなんて当たり前だ。

この一年、柚葉頼りの人間関係になっていた恩がある。断る選択肢はない。

たとえ恩がなくても、断りはしないだろう。

なぜなら。

「友達ってそーいうもんなんじゃねえのか。前に柚葉も言ってただろ」

「……そーいうこと？　なんだ……じゃーいっか」

柚葉は頰を緩めて、満更じゃなさそうな声を出した。

俺としては、こんな宣言だけで喜んでくれること自体で喜びそうだ。

俺はペットボトルの水を飲み干して、前から気になっていたことを訊《き》いた。

「柚葉って、なんで俺なんか信用してくれてるんだよ」

柚葉は目を細めた。

「え、信用してるからだケド。それ理由必要？」

「理由があった方が安心する。あまりに日頃柚葉の恩恵受けてたし、嫌なことで返ってこないかが心配なんだ」

「うへー、メンドーな性格だね……」

柚葉はどストレートに言った後、ウーンと唸《うな》った。

そして少し逡巡《しゅんじゅん》した表情を浮かべた後、言葉を連ねた。

「吉木をフッた人いんじゃん。覚えてるっしょ？　瀬戸《せと》雅《みやび》」

ズキン、と胸が痛くなる。

中二の冬、俺をこっぴどくフッた人の名前。

フラれるだけなら心の傷はまだ浅い。

ありもしない噂《うわさ》を流され、俺の評判は地に落ちた。

挙げ句、最後の大会の直前にハンドボール部も辞めたのだ。

その決断になったのは、瀬戸雅が部のマネージャーになったから。

それくらい人生を狂わされた女子だ。

「あの子、元々あたしの幼馴染《おさななじみ》なんだぁ」

俺は目を見開く。

「……そうだったのか。知らなかったな」

「知ってる人なんていないよ。あたし、中学の時殆ど喋《しゃべ》ってなかったもん。吉木と二階堂さんと違って、今はもう仲良くないし」

柚葉は苦笑いして、肩を竦《すく》めた。

「雅が吉木を陥れようとしてたから、あたしは全力でそれを阻止した。でもちょっと遅くて、吉木は部活とか辞めちゃってた後だったよね」

——裏で卑怯《ひきょう》な真似《まね》してるやつ！　吉木はあたしの友達だから、文句あったらあたし通して言ってくんない？

……あんなにも直接的な止め方は、柚葉にしかできなかった。

俺は中学の頃、柚葉がいなければ終わっていた存在。

その自認は、そこから来ている。

「じゃあ、その罪滅ぼしってことか。俺、救われたとしか思ってないんだけどな」

「吉木がどー思ってるってゆーか……ケジメってやつかもね。身内の不始末は身内の責任ってさ」

「ケジメか。なら、それで俺と友達やってんのかよ」

少し卑屈な気持ちになって訊いた。

柚葉は「へ？」と目をパチクリさせた後、声を上げて笑う。絶対笑うなそこで。

「あはは、そこは安心してってば！　それだけじゃこんなに吉木と一緒にいないし、まして
くっついたりとかしないから。あたしそこまでお人よしじゃないってー！」

目尻を下げた柚葉は、柔和な声色で続けた。

「吉木さ、あたしのこと信用できてなかった時は〝トイレで食う飯のほーがマシだ〟とか言ってたじゃん。そんな人が今懐いてくれてるんだもん、愛《いと》しくなっちゃうよね」

「……ほんとかよ」

「きっかけはそれだったってだけ！」

柚葉は身体をググッと伸ばす。

「雅もマジ信じられないなー、吉木ってこんなに良いヤツなのにっ」

ズキンと、頭が痛む。

――吉木って良いやつだよね。

あの日の言葉と重なった。

「それ、アイツにも言われたな」

「……ん。そっか」

柚葉は悲しげな目をした。

……あまり見せない表情だった。

柚葉との間にも、二人の時にしか話せないことが増えてきた。

今日はそれが顕著に出ているかもしれない。

そう考えていると、唐突に柚葉はフッと頬《ほお》を緩めた。

「だからさ。どーしても童貞捨てたくて捨てたくて、だけど相手がいないって時はあたしに言いな？　吉木だったら考えたげるから」

俺は何度か瞬《まばた》きして、ようやく意味を理解した。

「……な⁉　なんでそうなるんだよ⁉」

俺の反応に、柚葉は口元に弧を描く。

「これぞ罪滅ぼし？」

そしてシャツの襟元に人差し指を引っ掛け、艶美な空間を作った。

正面からは視認できないが、上から見下ろせば絶対に色々と危なくなる。

少なくとも下着の全容は見える。

何故《なぜ》なら、正面からでさえ彼女の黒子《ほくろ》が見えるから。

周りに生徒がいないのが幸いだった、いやそうじゃなくて。

「皆んなからヤらせてくれそーとか言われるのは癪《しやく》だけどさ。まー愛しく思えなくもない人になら、女子としてワンチャンあるから」

「……それ、どこまで本気で――」

「マジだって。あたし吉木に嘘《うそ》ついたことそんなにないと思うケド」

「そうだとしたら問題なんですけど！」

でも、冗談はめっちゃ言うしな。

俺が全力で言葉に甘える人種ならどうする気だったんだ。その答えもきっと肯定的なものなんだろう。

騙《だま》されるな、俺は童貞。

必死に甘言に抗《あらが》っていると、柚葉が続けた。

「二階堂さんとのデートって、慣れのためだけじゃん」

「え？　うん」

「それじゃデートの最後にすることできないよね。さすがに二階堂さん、そーいうつもりで言ったんじゃないだろうし」

「そりゃそうだろ。ほんとに付き合うとかじゃないんだし」

「だよね。だから〝最後にすること〟だけ、あたし担当してあげてもいーよ？」

またただ。また、頭がピリピリと麻痺《まひ》する感覚。

柚葉は自分を普通じゃないと言うが、だとしたら本当に今しがたの発言たちは本気なのかもしれない。

少なくとも今ここで同意したって、柚葉は噂を流すようなやつじゃない。

つまりここで首を縦に振るのは簡単だ。

ノーリスク、ただそこにチャンスが転がっているだけの状況なのだから。

……本当にノーリスクなのか。

中二の冬のように、思考なしの判断は最初の失敗に繋《つな》がっていく。

最初の失敗なんて、大抵が将来思い返せば笑える失敗かもしれない。

だけど柚葉との間に、その失敗をするのは嫌だ。

関係性そのものがリスクになり得るのだとしたら。

「ここで俺が応えたら、いわゆるセフレってやつになるだろ。気まずくなるリスク考えたら、いくら思春期男子でも到底見合わないんだよ」

柚葉は目を見開いて、口角を上げげた。

「ナルホド、そーいう断り方？　にひひ、やるねーお主」

「童貞なりの矜持《きょうじ》ってもんがあんだよ」

そう答えてみるが、夜になれば後悔しているかもしれない。俺の矜持なんてその程度だ。

だけど、矜持が本能を押し退《の》けて表に出てくれたんだから、今くらいは格好《かっこ》つけさせてほしい。

「それに、俺のこと信じてくれるような友達にそんな欲望ぶつけられないって」

「ぶつけていいって言われても？」

「そこに関しては信じてないからな！」

「あはは。吉木ってマジイイ童貞だねー」

柚葉はベンチから腰を上げる。

そして胸元のシャツをパタパタさせてから、クルッと横に一回転した。

「あたし、吉木の力になれそうでよかった！」

「……そ、そうかよ」

「うん。さっきの話だけど、今の吉木を信じる理由はもっとあるんだよ？」

「なに？」

「恋愛にイイ感じがどーのって悩んでんじゃん。こんなピュアな悩みでウンウン唸れる人に悪い人いないって。童貞なだけで！」

「最後のは関係ないですよね!?　ていうかやっぱ童貞ってダメなことなんですか!?」

俺のツッコミに、柚葉はケラケラ笑った。

そりゃ童貞なんて年頃の俺たちにとったら捨てられるに越したことはないけども、捨て方だって大事にしたいんです。

この思考は日によって変わってしまいますが。

「試すのも程々にしろよな。俺がノッてたらどうしてたんだっての」

「えー、分かんない。試してたわけでもないしー」

「どうだかなぁ……」

短く返して、柚葉に続いてベンチから腰を上げた時だった。

数メートル先の廊下に人影が見えた。

小動物を彷彿《ほうふつ》させる女子、花園優佳《ゆうか》。

隣にいるのは、明らかに上級生の男子生徒だった。

八話　歯車は加速する

「……今の見たか？　花園《はなぞの》いたぞ」

「そりゃーいるでしょ。同じ学校なんだし、そこまで驚くことでもないって。好きすぎじゃん？」

「いや先輩と歩いてたんだよ、二人きりで！」

「ふーん？　先輩と付き合ってたら吉木《よしき》の願望オワリだね！」

「サラッと言ってんじゃねえ！　あとまだ願望とかはないから！」

多分ないはず。

だというのに、嫌な予感が脳裏に過《よ》ぎる。

そういえば、花園はいつも同じ人と昼ご飯を食べると言っていた。

……あの上級生じゃないだろうな。

俺が悶々《もんもん》としていると、柚葉《ゆずは》は肩をコキッと鳴らした。

「実際さー、吉木ってどんくらい彼女欲しいの？」

「なんだよ、喧嘩《けんか》売ってるのか」

「なんで!?　質問しただけじゃん！」

俺はフンと鼻を鳴らして、空になったペットボトルをクシャリと潰した。

「そりゃ普通に欲しい。でも、彼女って学校生活に必須って訳じゃないだろ。実際俺、彼女いたことなくても楽しいし」

彼女がいなくたって、そこそこ楽しい。

この〝そこそこ〟だって、俺にとっては大切な時間だ。

彼女ができて薔薇色《ばらいろ》確定なら欲しいけど、周りを見てると喧嘩や別れやらでむしろ不幸になってる人もいる。

そうなる可能性を考慮したら、別に今のままでもいいと思ってしまう自分もいるのも事実だった。

だからといって、あと一歩先に進みたい気持ちが無くなる訳もなく、基本的には彼女が欲しいと思っているのだが。

「ふーん。じゃあ、花園さんが彼女になってあげるって言ってきたらどーすんの？」

俺は視線を上げた。

かつて憧れた女子が、自分に言い寄ってくる。

それは男子高校生なら誰もが囚《とら》われる、非現実的な妄想。

クラスで憧れの女子と一度でも喋《しゃべ》れば、頭の中で無意識の妄想が走り出す。

久しぶりに再会した女友達と、過去にイイ感じになっていた。

その時点で全く意識しないなんてあまりにも嘘だ。

「男子たるもの、そこはお願いしますって言うだろうな」

「ごめんなさい」

「あれ、フラれた？　俺今代理でフラれました？」

「そーなる可能性もあるってことだね！」

「今の告白された前提の話だったよな⁉　分かってんだよそんなことは！」

この前ちゃんとフラれたであろう分際の俺は、そうでなくても現実を弁《わきま》えている。

現実への期待値を常にゼロに設定して、妄想はあくまで頭の中だから許されるだけと自覚している。

現実世界へ妄想内の期待値を露《あら》わにするほど、俺は拗《こじ》らせてない。

「花園は友達だし、確かにそういう気持ちになりかけた時期もあったけど。好きになるだけで終わった人なんて、高校生にもなりゃ過去に何人もいるだろ。花園だってそのうちの一人ってだけだ」

そう言葉を並べたところで、盛大なニヤけ面をした柚葉が視界に入った。

「やっぱ前から好きだったんじゃん。さっきまでは今から初めて狙いますみたいな顔してたのに」

「ハメやがったな⁉」

「吉木が勝手に喋り始めたんだし」

柚葉は面白そうに返した。

さっき柚葉がバイトしてることを口走ったが、同じ轍《てつ》を踏んでしまったらしい。

柚葉の前では、つい気が緩む自分がいる。

まあ柚葉なら信用できるし、知られても特に困らないか。

「じゃー花園さんに告られたら付き合うってことか。うん、なら繋ぎ甲斐《がい》あんね！」

「……あくまで花園から言い寄られたらの話だぞ、現実そんなのあり得ないし。繋ぐって
いっても、気まずくない関係になれたら俺はそれで満足だから」

「あはは。そんくらいなら、今も追いかけたくて仕方ないなんて顔しないから」

俺は思わず口を閉じる。それが返答になったらしい。

柚葉はニカッと口角を上げた。

「ホラ、そーと決まれば行かなきゃ！」

柚葉は花園たちが消えた方向へ駆けた。

「ちょ、おい！」

反射的に地面を蹴る。

——この駆け足は、歯車だ。

歯車は、対する歯車を加速度的に速める。

そんな予感が脳裏を駆けた。

◇◆

花園と上級生が佇《たたず》んでいたのは、人気のない陸上部の部室裏だった。

陸上部の部室は校舎から校庭を横切る必要があり、徒歩五分はかかる距離に位置している。

部室は緑葉が茂る木に囲われて、遠くからは視認できないようになっていた。

俺と柚葉は、水飲み場の陰に隠れて様子を窺《うかが》う。

少し顔を覗《のぞ》かせた。

上級生に向かい合ってる花園は、口角を上げたまま動かない。

柚葉は俺の頭上で、「やっぱなんかありそーだね」と小声で言って、息を潜めた。

……なんかありそー、どころじゃないな。

上級生の表情に、全てを察した。

つまりは、告白現場だ。

しかもよく見れば、あの先輩は入学式の時に案内を務めてくれたイケメンの有名人だ。

現時点において、一年生への知名度はとても高い上級生といっていい。

先輩が口を開いた。

「……好きだ。付き合ってくれ」

俺の肩を柚葉が興奮気味にタンタンッと叩《たた》く。

あの先輩は、恐らくかつての麗美《れみ》と同じ属性なんだろう。

自分に一定の自信があるのも、彼の表情から伝わってくる。

そんな人を相手にしているというのに、花園の表情は一向に変わらなかった。

クラスでの立ち振る舞いと同じく、ただ微笑《ほほえ》んでいる。

先輩が答えを促すと、花園は漸《ようや》く静かに言葉を紡いだ。

「ありがとうございます。……ひとつ訊《き》いてもいいですか？」

「なんだ？　なんでも言ってくれ」

「はい。どうして私のこと好きなんですか」

純粋な疑問、というような声色だった。

先輩は頭を少し掻《か》いてから答えた。

「……入学式の時、案内したの覚えてるか？」

「覚えてます」

「一目惚《ひとめぼ》れしたんだ」

上級生はズバッと言った。

柚葉が小声で「やるねー」と反応する。

……確かにやる。

この現実世界、一目惚れなんて単語で告白する人がいるとは思わなかった。

俺が逆の立場なら、もっとしどろもどろになる自信がある。

同じ男子として悔しいけれど、俺とは格が違う。

きっとあの先輩は色々と女子との経験があるんだろうし、だからこそ堂々としていられる。

先輩は控えめながらも笑みを浮かべる余裕も見せて、答えを促した。

「それで、返事聞かせてくれよ」

「返事ですか」

花園は普段と同じ声色で言葉を返した。

――普段通りすぎる。

仮に脈アリだとしたら、もう少し声が上擦ったり、何かしらの挙動に表れると思う。

俺が花園とイイ感じになった時の表情とも、全然違った。

中学時代の花園は、柚葉のように直接的な言葉にすることはあまりなかったけれど、瞳の奥には常に優しさがあった。

今の彼女とは明確に異なっている。

だから、花園の答えは分かっていた。

「すみません。先輩とは付き合えません」

今は自分のことじゃないと分かっていても、頭の痛くなる光景だった。

だけど同時にホッとする自分もいて、すぐに後者の感情が強くなる。

「ま……まじか」

上級生は悔しそうに顔を歪《ゆが》めた。

断られることをあまり予想していなかったらしい。

「いいのか？　俺、自分で言うのもなんだけど、結構デカい魚だぜ」

「……私には大きすぎますよ。先輩なら、彼女になりたい人は沢山いると思いますし」

「その俺がお前と付き合いたいんだって」

上級生は少し苛立《いらだ》ったように頭を掻いた。

花園は困ったように俯《うつむ》く。

手を前に重ねて、小さい声で「ごめんなさい」と呟《つぶや》いた。

「……何とかならないのか？　俺、結構本気なんだけど」

「本気、ですか」

「そうだ、本気だ。だから……せめて、もう少し考えてほしいっていうか。今、急にだったしあんまり考える時間取れなかっただろ？　なんなら後日に答えをくれるとかでもいいからさ」

「……でも、私に一目惚れしたって言ってましたよね」

「ああ、そうだよ。マジで四月にあんたを見かけてから全然頭から離れないんだ。見かける度に嬉《うれ》しくなるし——」

「私が今、先輩と付き合うメリットってなんですか。私は先輩のこと全然知らないです。だから、どこで判断すればいいのか分からなくて」

花園が遮るように疑問を呈した。

先輩は戸惑ったように、ポカンと口を開ける。

思わず見上げると、それは柚葉も同じようだった。

「メリットって？　彼氏彼女って、そういう損得勘定な関係じゃないだろ」

「でも、私にとって先輩は殆《ほとん》ど初対面ですし。恋人関係とは言いますが、内面も知らない人とどうして付き合いたいんですか」

「可愛《かわい》いって思ったからだ！　まじでタイプだったんだよ、だから内面を知りたいって思ったんだ。顔が全く関係ない、みたいな綺麗《きれい》事とか言うつもりないぜ俺は。むしろ内面は恋人らしいことした後でもいいと思ってる！」

次第に、花園の表情が冷めたものに変わっていく。

控えめに頬《ほお》を掻いて、花園が呟いた。

「それじゃあ、キスして、セックスして……その後にようやく、内面の真価を測られるんですね」

セックス。

口に出すのが憚《はばか》られる単語がいともあっさり出てきて、思わずギョッとした。

それは先輩も同様らしく、目を見開いている。

男子同士でふざけ合って言うことはあれど、女子から、それも真剣な話をしている最中に発言されるのは殆どの男子が経験のないことだろう。

だが花園はあくまで冷静な表情だ。

そこには、俺の知らない花園がいた。

「内面を見る前段階にしては、私の捨てるものが多すぎると思います」

「……なー、言っとくけど俺ヤリモクじゃないぜ。そりゃそういう性欲も一部には入ってるかもしれないけどよ。でも、それだけじゃないからこうして告ってるわけで」

「でもさっき、内面が最後にくるって言いましたよね」

「内面を理解したいって思うタイミングの話だろーが。そのタイミングが最後なことは認めるよ。それがダメなのか？」

花園はまた俯いたが、気弱な表情ではなかった。

むしろこの手の口説き文句にウンザリとしたような、そんな印象を抱かせる。

「それならいっそ、セックスさせてって頼まれた方が気が楽です」

先輩は眉間に皺《しわ》を寄せた。

彼の心が、花園から離れていくのが分かった。

「……頼んだら頼んだでムキになりそうな顔してるけどな。するのだって立派なコミュニケーションだし、そもそも好きって思うのが顔からでもいいだろ？　それとも、お前頭下げただけでヤらせてくれるよーな人間なのかよ。確かに一年にはそーいうやつがいるって噂《うわさ》だけどよ」

「それは私じゃないです」

「なら俺が告ること自体はいいだろ」

「そうかもしれませんね。でも」

花園は先輩の発言を遮った。

「どうして私と話したこともないのに好きになれるのか分からない以上、私はお付き合いできないです」

……一目惚れそのものを厭悪《えんお》するような発言。

先輩は何も言えないようで、舌打ちしてから口を閉じた。

花園はペコリと頭を下げて、踵《きびす》を返す。

「――私に対する偶像は、先輩の頭の中だけにしてください」

そう言い残して、花園優佳《ゆうか》は去っていく。

呆然《ぼうぜん》と立ち尽くす先輩を残して。

そして。

「すっごー。あの先輩に言い返せるなんて……」

柚葉が尊敬したような声を出した。

花園の背中に、柚葉は何を感じたのだろう。

きっと花園は、自分の言いたいことを全て言った。

告白という現場では、時に明け透けに感情を吐露するのは相手を傷つけかねない。

だけど上級生が高圧的だったからか、それとも何度も見た光景だったからか、俺にはそうは思えなかった。

麗美が同じように男子をフるのを、沢山見てきた。

多分、柚葉と同じ感情だった。

密《ひそ》かにカッコいいと思ってしまった俺も、もしかしたら変わっているのかもしれない。

◇◆

柚葉と別れて、俺は彼女を追いかける。

「花園っ」

かつての憧れが、クルリと振り返った。

さっきの出来事は嘘《うそ》だったんじゃないかと思うくらい、柔和な笑顔だった。

「あ、よっしー。どうしたの？」

「え、えーとな……」

確かめたいことがあった。

だけど今すぐ言葉にはできないことだ。

「花園ってさ、学校楽しいか？」

「え？　どうしたの急に」

花園はクスリと笑う。

さっきの彼女とはおよそ違う対応。

あんなことがあったばかりにしては、あまりにも普段通りの表情だ。

じゃあ、今花園は猫を被《かぶ》っているのか。麗美と同じように、何かしらの意図を持って作為的な人格で日々を過ごしているのだろうか。

多分違う。

花園は猫を被っているんじゃない。

いつもの花園も、さっきの花園も、どちらも彼女の一面というだけ。

だから、俺は目の前にいる花園と話せばいい。そう、いつも通りに。

花園は和やかに目尻を下げた。

「よっしーは？」

「俺は、楽しいよ」

「塾の時よりも？」

「うん。花園は？」

「私も楽しいかな」

俺は無言で続きを促す。

花園はしばらく俺を見つめていたが、ちょっとだけ苦笑いした。

「……楽しさの種類は違うかも。ここは色んな人の目が気になるし」

先程のように一目惚《ひとめぼ》れされることがあるかもしれないし、か。

学力向上だけが目的の塾とは違い、学校は人間関係も重視される。

同じように一目惚れされることも過去にあったのかもしれない。

そうでなければ、あんな返事にはならないはずだ。

花園は小首を傾《かし》げて、「でも、なんで？」と訊《き》いた。

「いや……その」

口籠もると、花園は小さく瞬《まばた》きする。

「もしかして、さっきの見てた？」

……あっさりバレた。

俺が何も言えずにいると、花園は眉を八の字にして困ったように口角を上げる。

「……そっか、やっぱり見られてたんだ。後ろから追いかけてきたから、もしかしてとは思ったけど」

花園は気まずそうな様子も見せずに、いつも通りの声色で言った。

「よっしー、引いちゃったかな」

「いや、別に……むしろ嬉しかったよ」

「……嬉しい？　あはは、え？」

「変な意味に聞こえたらごめん。でも花園ってあんまり自分の話しなかったから、新しい一面知れてよかったっていうか」

　花園は何度か瞬きした後、プッと吹き出した。

「やっぱり、よっしー変わってるね」

「そうか？」

「そうだよ。私、嫌われちゃうかと思った。あの先輩から言い寄られるのを今日限りにするために、嫌なこと言った自覚あるから」

「き、嫌う訳ないだろ」

「どうして？　私なら、人によって態度変える人なんて信用できないなって思っちゃうけど」

「そんなの状況によりけりだ。友達の前だから言えないこともある。花園が今気まずそうにしてたのだって、俺個人に対してやましいことがあった訳じゃないじゃんか」

　俺だって麗美に中学時代の話は全て話せた訳じゃない。

　花園にも同様だ。

「……その辺り、分けて考えてるんだ。大人だね」

「そうか？」

「うん。でも私、よっしー個人にやましさはないからこそ心配なんだ。変な人に思われないかなって」

　俺は小首を傾げた。

「でも、花園は変だろ」

「ひどい⁉」

花園は目を丸くした。

大きな瞳の中に、俺が映っているのが見えた気がするほどだ。

「俺、そこが花園の良いところだと思ってるぜ。摑《つか》みどころない人の方が、仲良くなった時に嬉《うれ》しい気がするし」

「あれ、私変な人確定？　よっしーこそ、変な理由だと思うけど」

「俺って花園に色んな話しちゃってるしな。誰が好きだったとか、中学で実は仲間はずれにされてたとか」

「うん」

「花園は自分の話全然してなかったし、俺だけ弱み握られてる状態なんだよな。だからなるべくヨイショしないと」

「信用されてなかった⁉　私言わないよっ」

花園が慌てたようにフォローしてくる。

それは分かっているんだけど、ちゃんと言葉にしてくれるのが花園らしい。

「あはは、分かってる。ありがとな」

「……変なよっしー」

言葉とは裏腹に、花園の微笑《ほほえ》みはいつもよりも柔らかい気がした。

「それで、よっしーは慰めに来てくれたのかな」

「まあ……うん。そんなとこだな」

「あっ違う。茶化しに来たんだっ」

「まじで慰めに来てたら気まずくない？」

「全然良かったよぉ」

そう笑いながら、二人で階段を登っていく。

心なしか、花園の声色が普段よりも温かい。

廊下からチラッと柚葉の姿が視界に入った。

目が合ったが、彼女は気を利かして教室にフェイドアウトした。

「よっしーって、中学のことがあってから恋愛したいって思ったことある？」

「まあ……あるよ。普通に今でも思ってるし」

「……そっか。それって、どうしてなんだろ」

花園はそう呟《つぶや》いて、教室の方向とは違う、北校舎に出る道に歩を進めた。

暗にまだ二人の時間が欲しいと言われた気がして、俺の足取りがますます軽くなる。

「どうしてって言われてもな。恋愛って、多分楽しいだろ」

「……楽しいかなぁ。嫌われたり、疎まれたり、失ったり。マイナスなことばかりなのに」

……花園は、俺と似ているのかもしれない。

俺も柚葉からの恩恵に何かしらの理由を求めないと気が済まなかった。

花園も、恋愛に理由を求めている。

自分でも理解できる価値観を。

俺は少し逡巡《しゅんじゅん》した後、口を開いた。

「多分だけどさ。自分の心を丸裸にして、それが受け入れられた時ってすごい安心感があると思うんだ。恋愛に限らず、友達になる瞬間とか、友達の中でも一段と深まる瞬間とか」

だからこそ、フラれるのは辛《つら》い。

一時的にでも自分そのものを拒否される感覚に陥るから。

ましてそれを理由に皆《み》んなから嫌われていくのは、大袈裟《おおげさ》じゃなく世界から拒否されていく感覚になってしまう。

でも俺は、辛い時に花園がいた。

自分を肯定してくれて、冗談を言い合って、一方的にだけど相談事も持ちかけるような仲になれて。

柚葉に助けられる前、花園がいなければ俺はきっと不登校になって、高校受験できるかさえ危うかったと思う。

花園には好意だけでなく、単純な感謝の念もある。

「俺たちが初めて会った時だって、文字だけの仲から距離が近くなった。あれは物理的に近付いたのもあるかもだけど、少なくとも俺はそういう感覚だったよ」

花園は黙って聞いてくれた。

目を伏せているが、しっかり耳を澄ませているのは伝わってくる。

「そっか。よっしー、そんな風に思ってくれてたんだね」

「花園は……違うのか？」

かつてはイイ感じだと思っていた。

花園に対しては、まだそれを確かめられるほどの自信はないけれど。

「違わないよ。言ったじゃん、よっしーは友達だって」

……そういう話じゃないんだけどな。

多分自分の胸中を伝えるには、ハッキリ言うしか道はない。

……俺は。

「友達だったら、恋愛関係にならなくても心の距離は近付ける気がするもん」

「だけど、男女である限りそういう気持ちにならないとは限らないだろ？」

俺が言うと、花園は立ち止まった。

「意外だね。男女の友情は成立しない派？」

「どっちかが好きだったら成立しない派だ」

花園は「ふうん」と短く返事をして、言葉を連ねた。

「よっしーは違うよ。私よっしーのこと分かってるつもりだし」

あなたは違う。

あなたを分かっている。

プラスの言葉に隠れされた、そうであれという牽制《けんせい》。

だからこそ、これを撥《は》ね除《の》けないと先はない。

俺はどうやら——

「違わないぞ。俺だって、好きな人に対してはそうなる」

今度こそ、花園は大きく瞬きをした。

「そっか。……そうなんだ」

「……」

やばい、この後何喋《しゃべ》るか考えてなかった。

「お、俺花園ともっと話したいな。この週末とか」

……何口走ってんだ俺、これじゃ半分デートの誘いじゃないか。

「ごめん、この週末は予定あるんだ」

「そ……そうか」

あっさり断られた。

数秒が過ぎて、ジワジワとショックがやってくる。

チャイムが鳴って、花園の身体《からだ》がピクリと動いた。

「……行こっか」

「お……おう」

……もしかして、今のでバレたかな。

自分の感情には察しがついていた。

多分、花園は俺を普通の友達よりも仲が良いという位置に置いてくれている。

それなのに、全く相手にされていない。

この感情が本物でも、再スタートのラインに立つことすらできなければ先はないというのに。

「よっしー」

「な、なに？」

「私、恋愛したくないとかじゃないんだ」

俺は思わず立ち止まる。

花園は薄く、初めて逡巡した様子を見せた後、振り返りざまに、静かに口を開いた。

「……私を見てほしいだけ。それってやっぱり、難しいことなのかな」

先程の、先輩への問い掛けを想起する。

「……難しくない。喋る時間が長くなるほど、内面も合わないと好きにはなれないだろ」

「……そっか」

花園は短く返す。そして、ニコッと口角を上げた。

「じゃあ、そういう人がいることを期待しておく」

「……だな」

自分の胸に手を当てる。

俺はやっぱり――

花園がひと足先に教室に戻っていく。

小さくなる後ろ姿を眺めながら、俺は静かに息を吐く。

……今でも。

今でも俺は、花園と付き合いたいらしい。

この気持ちが中学から続いていたものなのか、今しがた再燃したものなのかなんてどうでもいい。

自覚して間も無く、花園に気持ちがバレた可能性すらある。

正直覚悟もなにも決まっていないけれど、一度はイイ感じになったと自負した身だ。

以前は告白できないまま終わったのだし、どうせ失恋するなら砕けてみるのもありだろう。そう思えるのが、俺の中では革命だ。

俺は自分の席に着席するなり、机の陰に隠れてスマホに指を走らせた。相手は柚葉だ。

Ryo『俺、花園にアタックすることにした！』

送信すると、すぐに既読がつく。

Yui『りょ！　協力してあげる！』

柚葉はこちらに視線を送ってきて、ジェスチャーはせずに黒板へ向き直った。

協力を頼むべき人はもう一人いる。

それは――

九話　家デートの先に

「なによ、話って」

夜の八時半、麗美の自宅玄関前。

部屋着姿の麗美が不機嫌丸出しの声を出した。

「来週デートしてくれ」

「帰れ」

「ちょい待ってぇぇ！」

ドアを閉められそうになり、力ずくで引き留める。

「このっ……夜にいきなり来たと思ったらデートの誘いって頭おかしいんじゃない⁉　せめて電話とかラインとか色々あるでしょ⁉」

「だってお前全然電話出ないんだもん！」

「私は夜の電話に出ない主義なのよ！」

「じゃあダメじゃん⁉」

「明日どうせ会えるじゃない！　大体なんで私があなたとデートなんか……！」

「え⁉　デートチケットくれただろ、女子慣れの話だよ！」

「あ」

……早速忘れてたなこいつ。

本気でデートに誘ってきたと思われてたの恥ずかしいんですけど。

「だ…………だからって家なんか来ないでよね。さすがにこういう現場見られたら私も困るし」

「それを言うならデートの時はどうなんだよ。ていうか忘れてただろお前」

「忘れてない。あとデートくらいならいくらでも誤魔化《ごまか》しきくわよ」

「その塩梅《あんばい》全然分かんねえな」

俺が息を吐くと、麗美が首を傾《かし》げる。

手入れの行き届いた髪が、サラッと流れた。

「まあ……いいわ。デートだけど、もう今日にしとく？　うちゲームあるし、時間は潰せるわよ」

「あのー、もしかして面倒になって家デートにしようとしてます？」

「そんなことないわ」

麗美はそんなこと大アリな顔で答える。

俺は大仰な仕草とともに言葉を返した。

「おっと、じゃあ良いんだな家デートって体《てい》で！　だとしたらちょっとばかしアダルトな展開になったって文句言えないんだぞ？」

「手出したら殺すことにしたから問題ないわ」

「出しません冗談です！」

さすがに花園への恋心を自覚した後だ。

本心では、とてもじゃないがそんな気にはならない。

むしろ女子の部屋に入ること自体に罪悪感があるくらいだ。

全然まだ付き合えるかも分からないのだけど。

「あなた、よく今日が親いない日って分かったわね」

「あー。昔から木曜は麗美一人だったたし。うちによく泊まってたんだから、そんくらい覚えてるよ」

「待って、それ以上思い出さないで。恥ずかしい思い出とかある気がする」

「いくらでもあるだろうよ、お互いにな」

そう返すと、麗美は目を細める。

そして「それもそうか」と溜息《ためいき》を吐《つ》いて、道を空けてくれた。

「とりあえず入りなさいよ。家に虫侵入してたらあなたに責任とってもらうから」

「へ？　いやいや、ここでいいよ」

「廊下は近所迷惑でしょ」

「じゃあ公園行くか」

「私部屋着よ？　わざわざ着替えるなんて嫌なんだけど」

視線を下げると、麗美はタンクトップに薄いパーカーを羽織っただけ。下はホットパンツという薄着だった。

制服姿よりも些《いささ》か露出度が高い。

だからこそ入るのが憚《はばか》られるのだが。

「ほら、早く」

「じゃあほんとに入るぞ？　いいんだな？」

「いいって言ってるでしょうがっ」

俺は若干迷ったが、結局自宅に突入した。

女子の家にお邪魔したんじゃない。

幼馴染《おさななじみ》の家に突入したんだと言い聞かせながら。

麗美は腕組みをした体勢で、俺の突入を見届けた。

「…………」

「……緊張してるならゲームでもする？」

「……助かります」

緊張がすぐに顔に出る性質《たち》、なんとかしたい。

自宅にお邪魔してすぐ、リビングで一時間ほどゲームをした。

小学生の夏休み、一日に何時間も二人で対戦をした格闘ゲームだ。

お互いめちゃくちゃ鈍《なま》っていたが、何戦か重ねるにつれて感覚を思い出していき、難しいハメ技を決める度に歓声を上げる。

「おけ！　おけ！」

「おけって言うな、ウザイ！」

ハメ技を喰《く》らうたびに、麗美は心底悔しそうな声を出す。

ソファで隣り合う俺たちは、これまでのブランクを埋めるような時間を過ごした。

思えば俺が麗美とイイ感じになったはずの時期、こうして二人同じ屋根の下で遊ぶ機会は無くなった。

当時は小六で成長したからだと考えていたが、思い返せば異性として強く意識していただけかもしれない。

もちろん、今の方が強く麗美に異性を感じているけれど。

「あ」

「よし！　ざまあみなさい！」

コントロールしているキャラが盛大に吹っ飛ばされて、五勝五敗。

対戦を一段落させるため、俺はソファにコントローラーを置く。

引き分けの状態が一番切り上げやすい。

麗美も察したのか、コントローラーを置いてすぐに口を開いた。

「それで、涼太《りょうた》。なんで急にデートチケット使おうと思ったの？」

「んー？　あー」

俺は無意味にテレビのリモコンを弄《いじ》りながら、思案する。

そして、結局教えることにした。

「好きな人できたから」

「へえ、そうなの」

「反応うす!?」

全然興味なさそうな返事に、俺は驚いて声を上げた。

もっとヤジられるものかと思っていたのに。

すると、麗美はこともなげに肩を竦《すく》めた。

「相手花園さんでしょ？」

「え!?」

「食堂で一緒にご飯食べた日から見てたけど、あなたが今も意識してるの丸分かりだったわよ」

「……ババババれてたのか」

「バレバレよ。ていうかなに、動揺しすぎでしょ」

麗美はクスクス笑いながら、ゲームの電源を切る。

真っ暗になったテレビ画面に、二人のシルエットが映った。

「……本人にもバレてると思うか？」

「花園さんとほんとに仲良いならね。あなた他の人への対応と比べたら、あの人に丁寧すぎるのよ」

言われてみれば、素の俺の口調は結構乱雑な自覚がある。

だけど花園にはそう思われたくないからか、他の人と話す時よりもいくらか気を付けていた。幼馴染からみれば、その差異が丸分かりだったらしい。

「くっそまじか、周りにもバレてたらめんどくせぇな……柚葉の時みたいに周りから揶揄《やゆ》されたら、花園にまじで申し訳ない」

憂鬱な声を出すと、麗美が眉を顰《ひそ》めた。

「食堂でも結構なこと言われてたけど、あれが初めてじゃないの？」

「うーん……あそこまであからさまに言われるのは中々ないけど。あ、その節は庇《かば》おうとしてくれてありがとな」

「いいわよ、誰かさんのせいで結局何もできなかったし」

「気持ちが嬉《うれ》しかったんだって」

昔の麗美もストレートに感情を表現していたし、それが懐かしかったというのもあるけれど。

ゲーム機のプラグを抜きに行った麗美の背中に、俺は言葉を投げた。

「なー、麗美」

「ん、なに？」

「お淑《しと》やか目指すのを応援するのは大前提だけど、あの時みたいな麗美もやっぱカッコいいぜ」

麗美は振り返ると、少し戸惑ったように瞬《まばた》きする。

「嬉しいわ。そう言われても、私は基本お淑やかキャラでいたいけどね。転校してまだ二週間だし」

「あはは、お前はそー言うと思ってた。マドンナキャラになりそうだな、この調子だと」

「だといいわね。そういうキャラって、あなたとの境界線はここですよって暗に伝えやすいし。……悪いけど、涼太の前では昔に戻るから、それで勘弁してよね」

「いいって。俺が縛る権利ないし」

高校生になった麗美には、あの頃にはない悩みもあるだろう。

それこそ、花園の悩みと共通する部分だってあるはずだ。

告白されるというのは、男子ほど喜ばしいイベントでもないらしいし。

タケルの言葉が脳裏に過《よ》ぎる。

……結局あいつの言う通りだったな。つまり、

「美人って大変なんだな」

麗美は仄《ほの》かに顔を赤くした。

俺からリモコンを取って、テレビの電源を落とす。

「……随分軽々しく美人って言うわね。再会した時とか、さっきも思い切り緊張してたくせに。慣れた途端に生意気なんですけど」

「褒め言葉として素直に受け取ってくれませんか？」

放っておくと更に罵倒してきそうな麗美に、俺は口にバッテンを作る。

他意はなく、からかった訳でもない。事実をそのまま伝えただけだ。

……これを花園にもできればいいんだけどな。

でも明け広げに気持ちを言語化できないのが、片想《かたおも》いしている証《あかし》なんだろう。

「女子に簡単に美人とか言っちゃダメよ。よっぽど仲良くない限り、煙たがられるか気味悪がられるから」

「簡単に言えたら苦労しないって」

「なら私に言うのはどういう了見なのかしら？」

近付いてきた麗美が、俺の二の腕をギュッと抓《つね》る。

「ギャッ！」と悲鳴を上げると、麗美は鼻で笑った。

「麗美には昔の空気に戻れたから言いやすいだけだよ！　幼馴染だしっ」

「あっそ。あなた、別に私のことなんて女子とか思ってなかったからね」

「そりゃまあ――」

――脳裏に公園の情景が過ぎった。

「そう……だけど」

「……？　そうよね。でもそれじゃデートしたって、私じゃ練習台にもなるかどうか分からないんじゃない」

……んな訳ない。

確かに俺は麗美を男友達のように思っていた時代が長かった。

だけど本当はめちゃくちゃ意識してた時代がある。

今だって、女子として意識しない訳じゃない。

今の麗美を意識しない男子なんかいないし、だからこそ家へ入ることに躊躇《ちゅうちょ》したのだ。

だって視線を少し落とすだけで、女子の象徴がある。

タンクトップの膨らみを見て女を感じないほど、こちとら唐変木じゃない。

この胸中を伝えたら、もしかしたら麗美はガッカリするのかもしれない。

小さい頃あれだけ嫌っていた男子よりも、遥《はる》かに酷《ひど》い邪念を持つようになってしまったのだから。

グルグルと思考を巡らせる俺に、麗美は小首を傾《かし》げる。

そしてコントローラーを箱に戻しながら、言葉を続けた。

「まあ花園さんって摑《つか》みどころないように見えるし、ぶっつけ本番がかなり難しそうなのは理解できるわ。あなたが花園さんとほんとに仲良いのかも、私には不明瞭だし」

……教室や廊下でのやり取りしか見ていなければそう思って当然だ。

俺だって、あの時は上手《うま》くいっていると思えてなかったのだから。

「お前の言う通り、花園に裏が無いわけじゃないと思う。本心でどう思ってんのか分かんない時もあるし」

頭に浮かぶのは告白の現場。

流れるように放たれたセックスという単語は、今思い返しても衝撃的だ。

面と向かうと、とてもそれを言いそうな雰囲気じゃない。

「でも、裏があるのなんて普通な気がするんだよな。転校してきた麗美を見て思ったけど、高校生にもなると皆《み》んな多少は猫被《かぶ》るものなのかもって」

麗美は転校初日の時に言っていた。

——なんでもかんでも本音言えばいいって年じゃないしね。

小学生の時は、裏のある人間は性格が悪いと揶揄されていた。麗美がリーダーへ一気に躍り出たのも、裏表のなさが明らかだったからだ。

だけど、高校生ともなれば話は変わる。

ある程度の社交性を身につけてなければいけない俺たちにとって、自分の〝裏表〟を構築するのは必須のスキルなのかもしれない。

「私もそう思うわ。でもギャップ大小はあるわよ。私は大きい方だと思う」

「自覚あったんだな」

「うっさいわね！」

麗美は声を荒らげて、ゴホンと咳払《せきばら》いをした。怖いです。

「でも花園さんも、私と同じくらい裏表あると思うわよ？　そんな人に勝算とかあるの」

……再会してからかは分からないが、麗美の洞察力は高い。

花園の裏表を見抜く生徒なんて、クラスには殆《ほとん》どいないはずなのに。俺はあえてそこに言及せず、質問に答えた。

「勝算か。一年前くらいに、イイ感じになったことがあるくらいかな。多分」

「へえ、すごいじゃない。それならいけるんじゃないの？」

「食堂で言っただろ。俺、イイ感じって雰囲気を読み違えることが結構あったんだよ。イイ感じ自体への認識が不安なんだ」

麗美は「なるほどね」と合点のいった様子だ。

「そこに繋《つな》がるのね。そういえば何か訊《き》きたいことありそうだったか、デートの話で流れてたけど」

そして麗美はソファに寝転がり、想起するように視線を天井に巡らせた。

幼馴染《おさななじみ》と再会して二週間が経《た》った。

麗美とは既に何でも訊ける仲に戻れた。

それなら、俺は訊く必要がある。

恋愛するなら——せめて自分が〝イイ感じ〟を見極められるようになってから。

そのためには。

あの時、イイ感じだったか。

あの時、好いてくれていたか。

その主観が合っているだけで、自分の行動への自信に繋げることができるから。

「なぁ」

声を掛ける。

麗美は目を瞬かせて、上体を上げた。

視線が交差する。

俺が真面目な話をするのが分かるや、麗美は座り直してくれた。

「どうしたの」

「俺、イイ感じを見極められないのが悩みなんだけど」

「うん」

「間違ってたらごめんな。……俺たちって――」

「私たちはイイ感じだったと思うわ」

時間が止まった。

そう錯覚するほど、リビングがシンとする。

体勢を変えた麗美の、ホットパンツとソファの擦《こす》れる音がやたらと大きく感じた。

「小六の最後あたり、でしょ？」

俺は目を瞬かせて、慌てて言葉を紡ぎ出す。

「え、まじ……？」

「ええ、まじよ。これ、実は食堂で言ってあげようか迷ってたの」

ちょっとだけ気まずそうに言葉を紡いだ麗美に、俺は深く頷《うなず》いた。

何というか……あっさり認められるのは、逆に予想外だ。

あの時の認識は合っていたのか。

だとすれば、俺の小学生時代の感覚はおよそ正しかったことになる。

瀬戸《せと》雅《みやび》との間では勘違いだったのは間違いないけど、俺が決定的にズレた人間という訳じゃないのか。

「そ、そっか……なら多少自信持って恋愛できる気がするわ。やっぱ恋愛自体に失敗はつきものってだけだったんだな」

「なに。私がいない間に結構な失敗した感じ？」

「……死体蹴りしないって約束するか？」

「私のことなんだと思ってるのよ」

「唯我独尊毒舌幼馴染」

「じゃあ完璧美人幼馴染に更新しておいて」

麗美はソファから立ち上がった。

……麗美もイイ感じと思ってたなんて。

今しがたの気恥ずかしさを誤魔化《ごまか》したかったのだろうか、俺はいつもより饒舌《じょうぜつ》に中学時代の話をひとしきり喋《しゃべ》った。

ある女子とイイ感じになった話。

告白を失敗した話。

そこから仲間外れにされた話。

柚葉に助けられた話。

一連の話を聞き終えた後、麗美は哀《かな》しげに笑みを溢《こぼ》した。

「……へえ、結構大変だったのね」

「まあな。でも今は麗美のお陰で、自分の照準が必ずしも間違ってないのが分かった。これはめちゃくちゃデカい」

これまで、何度もイイ感じになった異性に告白できず終わってきた。

——そんな未練を晴らす時だ。

麗美の答えは、俺にそう思わせる力をくれた。

そう思案していると、麗美は「言いづらいけど」と前置きして、言葉を連ねた。

「そもそも、その照準の精度はその人に対する理解度で変わるでしょ」

「え？」

「例えば、私と涼太は十年以上一緒にいたんだし。そんな人が好意を寄せてきたら、空気感が変わったら、誰だって察しがつくと思うわ。だから私もあなたとイイ感じって思ってたのよ」

「う……よ、よくそんな堂々と言えるな」

麗美は口を噤《つぐ》む。

ジッと見つめていると、麗美は控えめに黒髪を耳にかけて、視線を逸《そ》らした。

「……もう何年も前の話だからね」

かつての情景が脳裏に溢《あふ》れ出す。

帰り道の公園。

二人きりのブランコに、錆《さ》びついた音。

広い空の下で言葉を交わした、あの時間。

「でもさっき、女子と思われてないって」

「さっきのはさっき、今は今。その時々で、言葉のチョイスは変わるでしょう」

「でも――」

「でもじゃない。察してよね」

麗美が視線を戻した。

幼馴染は、心なしか頰《ほお》が紅潮していた。

「……勘違いなら恥ずかしいって思うのは、あなただけじゃないのよ」

「ま……まじか。……ど、どう思ってたんだ?」

麗美はその時、期待していたのだろうか。

期待していてくれたのだろうか。

「……そりゃあ嬉《うれ》しいわよね、長い間一緒にいた人に好意持たれてたんだったら」

「……べ、別に好きだった訳じゃねーし。か、勘違いすんなよ!?」

「今その逃げ方は無理あるでしょ」

麗美はジトッと目を細める。

返す言葉もないが、こうでもしないと揺らぎかねない。

だけど、教えてくれたことに感謝だけは伝えたかった。

「俺、引かれてもおかしくないって思ってたわ。ありがとうな」

麗美は眉をピクリと動かした。

瞬《まばた》きすると、麗美の紅潮は無くなっていた。

あの日と同じだ。

夕陽《ゆうひ》が差し込んだあの日のように、橙《だいだいいろ》色の照明が錯覚させたのかもしれなかった。

「引かれるって、どうしてそう思うのよ」

「いや、えっと。麗美って昔から他の男子にやたら当たりキツかったろ？　告白されたら毎回罵倒してたじゃねえか」

そう答えると、麗美が「う……」と苦虫を嚙《か》み潰したような顔をした。

麗美と再会してすぐ、廊下で話した時の俺と、全く同じ表情だ。

「やっぱり私ってイタい女だったわよね。ていうか、そんなの嫌われて当然だわ……」

「おお、そこの自覚あったのか」

「私を好きだった人に言われたくないわよ！」

「麗美も俺好きだったんじゃないんですか!?」

「昔の記憶なんてもう曖昧よ！　今の私が死にたいって思うくらいイタイ時期の話、もうあの時とは別人なんだからっ」

「別人？　ふーん、どーだか。根っこから変わってる訳じゃないんだし――」

「あなたこそ、幼馴染に託《かこつ》けて色々探ってくるくせに。花園さんの件も、私の気を引くためじゃないでしょうね！」

「いやあ、ないな絶対！」

麗美は「一言多いのよ！」と返し、俺の太ももを足蹴にした。

俺が「いでえ！」と身を捩《よじ》る。

すると、その拍子に麗美の足が引っかかった。

「うおっ」

瞬間、バランスが崩れた。

景色が流れ、麗美がソファに倒れ込んでくるのが分かる。

「ちょ!?」

慌てたような麗美の声。

甘い匂い。

顔を上げると、吐息がかかりそうな距離に麗美の顔があった。

「う、わ」

改めて綺麗《きれい》すぎる顔立ちだ。それに透き通るような白い肌は光さえも弾《はじ》いてしまいそう。睫毛《まつげ》も長く、大きな瞳が黒く濡《ぬ》れている。

瞬時に色んな感想が湧いてくる。

「へぇ、なに。ちょっとは逞《たくま》しくなったんじゃない」

「えっ」

麗美に覆《おお》い被《かぶ》さられるような体勢。

俺は全身を硬くする。下手に動かせばあらぬところに当たってしまいそうだった。

だが既に遅かったらしい。

次第に右側の感触に意識が持っていかれるのを自覚した。

右肘の内側に、明らかに柔らかな感触。

視線を落とすと、腕が麗美の素肌に挟まれている。しかも、二の腕と胸だ。

……や、やばい。バレてないだろうな。

腕を引き抜こうとしたが、一層感触が強くなる。左右に動かしたが、これも逆効果だった。

麗美は俺からどこうとする動きを止めた。

「……ねえ、この腕さっきからどこに押し当ててるのよ。やっぱりまだワンチャン狙ってるわけ」

　視線を上げると、麗美はまた頬を赤らめていた。

「いや、その、不可抗力っていうか、決してわざとじゃないといいますか！」

「ちょっ……分かったから急に動かないで。今どくから──」

　麗美の声色には、気のせいじゃなければ艶が含まれている気がした。

　ますます動揺した俺は急いで立ち上がろうとするが、左腕を立てると一層強く押し当てる形になった。

「っ、急に動かないでってば……！」

「違う違う！」

　麗美から離れた俺は、息も絶え絶えに否定する。

　右肘がやたらと熱を帯びている。

　さすがの麗美も動揺したようだったが、俺の慌てぶりに少し冷静さを取り戻したらしい。

「……変態」

「いやまじでごめん、でも本当にわざとじゃなくてだな」

「いいわよもう。……何の話してたっけ」

「え、えーと……」

　俺は必死に思考を巡らせて、

「そう、俺が引かれると思ってたって話だ」

「あ、そうだった。そうね、とにかく……あなたに関しては、昔から引くとか、そういう感情はないわ。じゃないと……今のだって許してないし」

「今のはまじでわざとじゃなくて！」

「これで流してあげようとしてるんだから黙ってなさい！」

「ではお言葉に甘えます！」

俺は必死に右肘の感覚を意識の外に放り出す。

そして、花園の顔を思い浮かべた。

花園と先輩のやり取りから考えるに、今日みたいなハプニングが起こればそれは終了の合図だ。

それでも、あの麗美が、曲がりなりにもいつも通りに振る舞ってくれている。それくらいの関係性を女子と築けているのだ。

「……自信持っていいのかね。大抵の男子が麗美に惚《ほ》れてる中で、俺が唯一イイ感じになれたんだとしたらさ」

「はあ。バカね」

「バカ!?」

麗美は呆《あき》れたような声色で返した。

「勘違いしないように言っておくけど、昔の私があなたとそういう空気になったのは幼馴染《おさななじみ》だからよ。花園さんにはそのアドバンテージがないでしょ」

俺は思わず押し黙る。

——ただ幼馴染だから。

「分かってるつもりだったけど、そりゃそうか。幼馴染じゃなかったらイイ感じになるどころか、俺みたいなやつが喋れてたかどうか。死ぬほど幸運だっただけか」

「そこまでは言ってないわよ。そんなの逆も然《しか》りじゃない」

「え？」

「私にとっても、幸運なことにあなたと話せてたのよ。勘違いするなとは言ったけど、自分を卑下するのもやめなさいったら。私アドバンテージの話をしただけだし」

麗美はこともなげに言った後、言葉を続けた。

「裏表のないあの時代、一緒に過ごした時間は裏切らないわ。私だからこそ、協力できることもあると思う」

「麗美……」

「で、何すればいいのよ」

その時の麗美は、皆《み》んなを引っ張っていた頃の顔をしていた。

——涼太の前では昔に戻るから。

その言葉に嘘《うそ》はないようだった。

十話　幼馴染のエスコート

あれから一週間が経《た》った、金曜日の夜。

夜食を買ってきたばかりの俺は、スマホとともに思い切りベッドへダイブした。

寝る時間帯を気にせずベッドでゴロゴロするのは至福のひと時。

明日は大事な予定があるのであまり夜更かしもできないが、それでも普段よりゆっくりできる。

たとえ誰かと電話を繋《つな》いでいてもだ。

電話先で、麗《れ》美《み》が話を纏《まと》めた。

『それじゃ、北口《きたぐち》駅の時計台に十一時ね』

「おっけい。じゃあ明日は頼むわ」

『ええ。任せておいて』

俺たちは明日デートをする。

花園《はなぞの》と付き合いたいと思った今、かつて好きだった女子にデートの協力を仰ぐなんて本来あまりよろしくない。

だが麗美とイイ感じになったのは小学生時代ということ、今の麗美本人には一切俺に対しての気持ちが無いということ、そして協力に乗り気であること。

そういった複合的な要素により明日は協力してもらうことになっている。

全てはある目的のため。


即《すなわ》ち、花園への告白だ。


イイ感じになった女子と、それ以上の関係に進むには告白しかない。

摑《つか》みどころのない花園に告白するのは悪手かもしれないが、付き合いたいという気持ちを自覚した今、いずれにせよこの最終関門は突破する必要がある。

そして最終関門の前に挑戦した方がいいのがデート。いわば恋愛における第二関門だ。

このデートで花園と今より打ち解けて、良い雰囲気へ持っていく。

難易度は高いし、どうしても無理そうなら諦めるのもまた選択肢の内。

だけど、希望はある。

――私、恋愛したくないとかじゃないんだ。

花園のあの言葉に、嘘がないならば。

『……上手《うま》くいくといいわね』

「うん。まあ、これに関しては花園次第だよな」

『そうね。私ももっとサポートしてあげたかったけど、転校生って立場じゃね』

「何言ってんだよ、休日に一緒にいてくれるだけで充分だっての」

作戦はこうだ。

麗美との二人行動《デート》の途中、柚葉《ゆずは》グループと偶然出会う。

そのグループの中には柚葉の計らいで花園がおり、流れで二人きりになり、俺の行動相手をスイッチする。

柚葉によると、わざわざ麗美が姿を見せるのも必須らしい。

『柚葉さんがわざわざ私と花園さんを相対させたいのってどうしてだっけ？』

「花園を焦《じ》らせるためらしい。嫉妬が気持ちを自覚させることもあるからって」

『なるほどね……でもそんなに上手くいくかしら』

柚葉との作戦会議中、俺は全く同じ質問をした。

——上手くいかなかったら終わりなだけだよ。次次！

……あまりにも情け容赦ない返事だったのは忘れよう。

『まあ上手くいかなくても、幼馴染だからいくらでも言い訳できるしね。やるだけやってみる価値はあるか』

「悪いな、こんなのに協力してもらって」

『いいのよ、私にもメリットはあるもの』

麗美は俺と解散した後、柚葉グループと合流することになる。

柚葉が麗美の存在を気にしているのは明らかだが、それは麗美も同様だ。

『柚葉さんたちと仲良くなれるのは、今後の学校生活においてかなり大きいからね。涼太《りょうた》にしては良い交換条件だったわ』

「〝涼太にしては〟は余計だ！」

嚙《か》み付くように返した後、俺は平たい声色で続けた。

「まあ花園も柚葉と仲良くなりたいって言ってたし、しっかりメリット提示できるのは柚葉のお陰だな。さすがだわあいつ」

『それだけのものがあるのよ、クラスの中心人物には』

「……だな。麗美も明日を機に中心人物になったりしてなー、柚葉グループってそういうグループだし」

俺がからかうと、麗美は電話先で小さく息を吐いた。

『困ったわね。そしたらあなたから永遠おかずを搾取する永久機関を発足しようかしら』

「絶対喧嘩《けんか》しろ!!」

『極端すぎるわよ！　そもそも中心人物になるのはごめんだし！』

小気味いい返事に、俺は笑いそうになる。

電話は顔が見えないので、今まで友達と通話する際は手持ち無沙汰になることがあった。

だが麗美とは関係ないようだ。

むしろ端整な容姿に惑わされない分、いつも以上に饒舌《じょうぜつ》になれる気がした。

『それにしても久しぶりね、二人でどこかに行くのは』

「だな。どこ行こうか」

『一応もう考えてるわよ？』

「まじで⁉」

『ええ。デート前にリラックスしてほしいしね』

麗美の発言に、俺はスマホをギュッと握る。

「……ありがとな、色々考えてくれて」

『全然よ。確かに明日は協力の立場だけど、私も純粋に楽しみだもの』

意外な言葉に何と返すか考えていると、麗美は続けた。

『明日の前半は、私が彼女だからね』

「……おう」

『……あ、そのつもりじゃないと慣れないからってことね。一応だけど』

「わ、分かってるって」

既に出来上がりつつある麗美のファンにバレたら怖いが、それ以上に楽しみだ。

麗美が北高《きた》に転校してきてから三週間。

日常が変わるのはいつも突然のこととはいえ、たった一ヶ月前からは想像できないくらい、俺の日常は変わった。

勿論《もちろん》、今回は良い方向に。

中学に入学した時、他愛《たあい》のない日常を確保するだけでどれだけ苦労したか。
中二の冬、その日常すらも送れない現実にどれだけ打ちひしがれたか。
……ありがたいな。
麗美のおかげ、柚葉のおかげ、タケルや花園や皆んなのおかげ。
誰もが誰かに頼りながら生きているとはいえ、俺はちょっと頼りすぎている。
リビングに繋がる階段から物音がして、俺は慌てて口を開く。
「うわ、多分もうすぐセイラが上がってくるわ。そろそろ切らなきゃ」
『ええ、セイラちゃん懐かしいのに！　スピーカーで話させてよっ』
「直接会わせろってうるさいから、またその時の機会にな」
麗美ねぇと慕うセイラが今から話せば、絶対数時間話し込む。
デート前夜に、俺のスマホで長電話されたら敵《かな》わない。
麗美の残念そうな返事に、「悪いな」と謝ってから電話を切る。
結局セイラは俺の部屋をスルーして自室へ直行したようだった。
俺はベッドの傍《そば》に置かれていたハンドボールを手に取り、くるくる回す。
手に馴染む感覚。
微《かす》かな松ヤニの匂い。
中学時代あれほど好きだったハンドボールは、今はすっかりやる気になれない。
俺はベッドにボールを軽く置いて、今度こそ思い切り寝転んだ。

その後、ボールはベッドの下に隠しておいた。

◇◆

デート当日。

待ち合わせ時間になったことは、時計台を見上げずともすぐに分かった。

道行く人が振り返るほどの美人が、こちらに近付いてきていたから。

改めて俯瞰《ふかん》してみると、タケルの〝俗世から浮いた〟という評価はしっくりきてしまう。

よくよく考えてみれば、二階堂《にかいどう》麗美という名前が似合うのも結構すごい。

名は体を表すとはよく言ったものである。

「お待たせ。早かったのね」

「お……おう」

あまりにキラキラした姿に口籠もってしまった。

……これが成長した麗美の私服か。

清楚《せいそ》な白のブラウスに、黒の短パンからは太ももの大半が覗《のぞ》いている。首元のチョーカーはピアスとの相性抜群だ。

長い付き合いの中、制服姿の方が断然見慣れていないはずなのに、私服の方が新鮮に映るのはなぜだ。

制服姿の時よりもスタイルが強調されており、些《いささ》か大人びて見えるようになったせいかもしれない。

つまり、目のやりどころに困ります。

「一体何人の視線を連れてきたら気が済むんですか‼」

「知らないわよ、好きで見られてる訳じゃないもの。ていうか第一声がそれなの？」

麗美は不満げに目を細めた。

「今日の前半は私が彼女って言ったでしょ。はい、全然ダメなのでもう一度やり直し。行くわよ」

麗美は二、三歩下がってから、改めて咳払《せきばら》いした。

そして、タタッと駆け寄ってくる。

「お待たせ！　待った？」

「さっきそんな元気な登場じゃなかったですよ？」

「細かいのよバカ！　まず褒めなさい！」

「すみません！」

昔からバカ呼ばわりされていたが、周囲にお淑《しと》やかキャラで通そうとしている幼《おさな》馴染《なじみ》が言うのは面白い。

この光景をタケルが見たら、びっくりするに違いない。

「まあいいわ。今日はあなたが花園さんと合流する前に、私とのデートで緊張をほぐし、尚且《なおか》つ場慣れする。つまりあなたが自信を持ったまま花園さんとデートできるようにするという企画です」

「YouTuberか」

「黙ってられない訳⁉」

「今のツッコミ待ちじゃなかったの⁉」

自分のペースに持ち込めないことに苛立《いらだ》ったのか、麗美はフンッと鼻を鳴らした。

「このデートが終わる頃には、恩恵が分かるはずよ。五、六時間もあるんだし、まずは楽しむ！」

麗美はグッと拳を握って、意気揚々と言った。

まあ……麗美も楽しそうだしいいか。

二人で遊ぶのも久しぶりだしな。

「じゃあ無事に合流できたことだし、早速映画でも観《み》ましょうか」

「おー、映画か。なんか観たいやつあんの？」

俺が訊《き》くと、麗美はニヤリと笑った。

「コッテコテの恋愛映画。あれを観たら涼太の助けになること間違いなしよ。なんなら俳優さんと同じこと言っちゃえるかも」

「……」

「……冗談よ」

「あぶねー、初《しょ》っ端《ぱな》から信用できなくなるところだった！」

「映画はほんとに観るけどね。鉄板だし」

麗美はそう言って、ウキウキした様子で映画館の方へ歩き始めた。

ちょっと高揚感が移ってくるな。

映画をしっかり映画館で観るなんてかなりご無沙汰だ。

この辺りで最も近い映画館は北口駅から徒歩五分で、移動を始めてからすぐに辿《たど》り着いた。

独特なポップコーンの匂いを嗅いで、また少し胸が躍った。

「最近はスマホで映画を観るようになっちゃったけど、たまにはいいよなー。高いけど」

「その分臨場感が違うしね。この映画評判良いみたいだし、特に観る価値あると思うわ」

「へえ、人気なんだ」

「評判よ」

中央ど真ん中の席に座って、麗美は上機嫌そうに口角を上げた。

割り勘で買ったＬサイズのポップコーンを真ん中に置いて、準備万端。

早速Ｌサイズの箱に手を突っ込むと、麗美の掌《てのひら》に触れた。

「あ、悪い」

「いいのよ」

麗美はこちらに目を向けずに、薄く口を開いた。

「今更だし。それに、今は彼女だから」

「……彼女」

本物のデートのつもりじゃないと、慣れには繋《つな》がらない。

その理論は解《わか》っていても、改めて言われるとどうすればいいか分からなくなる。

俺の胸中に気付いたように、麗美はこちらに視線を移した。

深い海を連想させる大きな瞳が、俺の姿を色濃く映している。

「……ええ、彼女よ。だからって、涼太に彼氏っぽさを求めてる訳じゃない」

緊張からポップコーンを摑《つか》めずにいると、麗美は気付いたように二つほど摘《つま》み上げる。

「……そのままでいてよ。涼太はさ」

そう言って、麗美は俺の口にポップコーンを入れてくれた。

塩辛い味より、麗美の指先に舌が当たってしまったことが気になってしまう。しかし、彼女は気にした素振りも見せず、静かに言葉を紡ぎ出した。

「……彼氏のあなたは、いつかにとっておきなさい」

「……今日なれたらいいんだけどな」

会場が薄暗くなった。

番宣が本格的に始まったのだ。

俺たちを除く、観客全員の視線がスクリーンに吸い込まれた気がした。

俺と麗美は暫《しば》らく見つめ合う。

今、麗美は何を考えているんだろう。

幼少期、あれだけ長く時間を過ごしておきながら、俺には未《いま》だに彼女が分からない。

「……大丈夫よ」

ほんの僅かな囁《ささや》きが、耳元から脳髄へと駆け巡る。

「――私とイイ感じになれたんだもの」

口を開いた時、照明が更に暗くなった。

……前と言ってること違うじゃないか。

その気持ちは、胸の奥に閉まっておいた。

映画のストーリーはコッテコテの恋愛というより、出会いと別れがテーマになった爽やかなラブストーリーだった。

高校生で出会った男女が、長い間交際し、社会人になった際に価値観の相違で互いに納得した選択をする話。

テーマ性にリアリティはあるものの、コメディシーンが程よく明るくしてくれて、評判が良いのも納得できる。

社会人の自分が全く想像できないけれど、何年後かに観たらまた違った感想になるのだろうか。

最近は小学生の頃に合わなかった漫画が面白く感じたり、その逆もあったり、まさに価値観が変移している最中な気がする。

映画終盤。

薄暗い中、麗美の膝が当たる感覚があった。

おもむろに隣に目をやると、麗美は泣いていた。

丁度二人が別れるシーンだった。

……麗美にも、そういう思い出があるのだろうか。

高校生になって、交際経験のある人は格段に増えた。

麗美がそうでもおかしくない。

俺の知らない麗美。

見知らぬ誰かが知っている麗美。

知りたいような、知りたくないような、よく分からない。

これが嫉妬という感情なら、柚葉の言う通り麗美と恋愛するのを目指すべきだったのだろう。

だけど、多分嫉妬ではない。

そう思うのは、麗美を好きになった後、時間をかけて一人、また一人と好きな人が変わったからだ。

麗美への気持ちを持っていたのは、いわば小学六年生の一年だけ。

あれから俺は瀬戸《せと》雅《みやび》にこっぴどくフラれたり、花園を自ら諦めたり、色々あった。

セイラから言わせれば好きな人が度々変わるなんて罵倒モノなんだろうけど、俺としても自分の気持ちを蔑《ないがし》ろにした訳じゃない。ただ、時間とともに移ろいだだけ。

そして、麗美も同じように色々あってもおかしくない。

彼女の残り香の中で最も強いのは、きっと知らない人間だ。

俺の中に色濃く残った恋愛が、花園優佳《ゆうか》であるように。

エンドロールの文字を眺める間、そう考えていた。

◇◆

映画館から外へ出ると、空の広さが一層感じられた。

風にあたりながら移動する間、俺と麗美は映画の感想を話し合う。

ひとしきり済んだ後、俺は疑問を口にした。

「最後に別れる映画とか、これカップルで観てたらどんな空気になんのかな」

「うーん……」

麗美は難しい顔をした。

「別れる確率増えそう。むしろ、迷いのあるカップルには決め手になるかも……」

作品選定をミスしたと思っているのかもしれない。

俺は慌ててフォローを入れる意味で言葉を挟んだ。

「でも、なんか観終わってすぐに感想言い合えるのは良いな。同じ映画を観るのって、観てる間は喋《しゃべ》れないし勿体無《もったいな》いイメージあったけど」

「でしょ？　私もそう思う。同じ作品を観る時間って、喋れはしないけど……心の距離を近付けてくれるってさ」

「うん。それはそうだ」

長い付き合いの仲だけど、麗美と二人で映画館を訪れたのは初めてだ。それも考慮して、麗美は映画を選択してくれたはずだ。

「それじゃ、次はカフェに行きましょうか」

「カフェ？　カフェって何する場所？」

「なにって、デートの続きよ。カフェは鉄板中の鉄板でしょ？　休憩も兼ねて談笑するの」

「カフェデダンショウ……？」

聞いたことはあっても、デート経験のない俺にはしっくりこない。

同級生と二人でカフェに行ったことすらない俺に分かるはずないが。

「カフェっていくらするんだ、お金足りるかな」

「その辺りは大丈夫よ、ＳＮＳで限定クーポン配布されてたところがあるの」

「それでも高いんじゃ――」

「いいから行くのっ」

庶民の懸念もお構いなしに、麗美は俺の腕をクイッと引いた。

麗美は元々お店に目星をつけていたらしく、スマホでマップを確認してくれる。

「調べてくれてありがとな。人気の店とかワクワクしてくる。金さえ足りれば」

「今日は空気が気持ちいいわねー」

「話聞いて⁉」

麗美はクスクス笑って、「あのお店よ」と指差した。

カフェは誰もが知ってるチェーンではなく、SNSに載っているのも納得のお洒落《しゃれ》カフェだった。

こんな場所、麗美にエスコートしてもらわなきゃ絶対入れない。

入店すると、店員さんがフランクな礼で出迎えてくる。

案内された席に座ってからもソワソワが止まらない俺に、麗美は口元を緩めた。

「緊張しすぎでしょ。落ち着きなさい、逆に目立っちゃうわ」

「いやだって俺初めてだし、ていうかこんな場所にこんな人間いたら変な空気にならない？　大丈夫？　もう帰った方が良くない？」

「大丈夫よ、別に誰も私たちのことなんて見てないでしょ？」

その言葉に、そろっと辺りに視線を巡らせる。

丁度麗美に熱い視線を送っていた彼氏が、彼女にぶん殴られる現場を目撃した。

「まあ確かに、俺は見られてないかもな……」

「え？」

麗美はキョトンとした顔をして、水を一口飲んだ。

……自覚なしか。

俺がテーブルにメニュー表を広げると、麗美が「ん」とこちらに首を伸ばす。

彼女が黒髪を耳にかけると、ふわりとシャンプーの香りがした。

……この至近距離は色々と危うい。

「決めたわ」

麗美がそう言うと、俺は耐えかねてメニュー表を閉じた。

その瞬間、タイミングを計ったように店員さんがやってきた。

「ご注文はいかがしますか?」

「私はランチセットAで、ドリンクはアイスティーでお願いします」

「かしこまりました」

「お、俺は……」

店員さんの笑顔。

……まだ決めていませんなんて言えない。

今しがたのメニュー表、麗美の言う通りお値段は良心的だった。

このカフェではドリンクだけのつもりだったけど、食事がポップコーンだけではデートらしくないし、今日くらいは奮発しても良いかも。

決して店員さんの笑顔に屈した訳じゃない。

「ランチセットBで。ドリンクは……ブ、ブラックコーヒーで」

　ブラックコーヒーなんて飲んだことないのに、緊張してついカッコ良さだけで選んでしまった。

　麗美は怪訝《けげん》な顔をしたが、さすがに口を挟んでこない。

　店員さんは笑顔のままメニュー表を下げて戻ってしまい、訂正するタイミングも完全に逃してしまった。

「涼太ってブラックコーヒー好きなの？」

「飲んだことない……」

「飲んだことない！？　どうして頼んだの！？」

「デートだからカッコいいやつ飲まなきゃって」

　麗美は驚いたように目を丸くする。

　そして、ゆっくりと口元に弧を描いた。

「……バカね。自分が飲みたいやつでいいのよ」

「でも、これもデートだし」

「デートは非日常だけど、あくまで日常の延長線よ？　いつもと違う要素も必要かもしれないけど、そればかりで自分を出せなかったら意味ないでしょ。次は気を付けなさいね」

　そう言った麗美は、学校生活での自分を思い出したのか、少し気まずそうに言葉を付け足した。

「私があなたのデートの相手だったらそう思う。大体、デートする時点で脈アリだし」

「確かに、普通のデートならそうなんだろうけどな」

「む……」

この後に控える花園とのデートは、そもそも実現できるかも分からない。

できたとしても、半ば強制的な雰囲気になってしまったら意味がない。

その辺りの塩梅《あんばい》は柚葉に任せてるけど。

「そもそもさ、男側が格好つけるのも礼儀だろ？　麗美だってお洒落してくれてるんだから」

「へえ。言われてみれば、この服も見方によればあなたのためになるのかもしれないけど。そんなところで見返りを求め始めたら、それこそ健全な関係じゃないわよ」

俺が返事をしようとしたところで、店員さんが注文した品を次々にテーブルに並べ始めた。

「おお……！」

待っていたのは圧巻の光景。

パスタにエッグベネディクト、デザートには白い粉がふんだんにかけられたティラミス、芳醇《ほうじゅん》な香りを漂わせるブラックコーヒー。

料理たちがキラキラ輝いていて、皆《みん》んなが写真を撮る気持ちが分かってしまう。

先程の返事なんてすっかり放念し、意気揚々とコーヒーカップに手をつける。

いざ飲もうとした時、麗美が面白そうに告げた。

「あと、ブラックコーヒーは別に格好良くないから」

「え⁉　大人だろなんか！」

「その子供っぽさが透けて見えるから言ってるのよ？」

幼馴染《おさななじみ》は容赦なくぶった斬って、アイスティーを飲んだ。

続けて、あろうことかチーズケーキを美味《おい》しそうに頰張《ほおば》った。

……デザートから食べるんだ。冷えてるうちに食べたいとかそういうことか。

「デートってまじでカフェとかに行くもんなんだな。全然気持ち分かんなかったけど」

「鉄板って言ったでしょ。まあネットの情報だけどね」

「実戦経験からじゃないのかよ」

俺の発言に、麗美はカチャンッと音を立ててフォークを置いた。

「だって私、経験とか全くないもの。男子と二人で出かけるのも、人生であなたくらいのものだし」

「……まじか」

「私、多分そこは変わってないから」

てっきり、経験があるからエスコートしてくれていたのかと。

ということは、初めてなのにお店とか色々探してくれたのか。

それは何というか、めちゃくちゃ嬉《うれ》しい事実かもしれない。

映画を観《み》ている最中は、てっきり麗美も中学時代に色々あったのだと思っていた。

気恥ずかしさを誤魔化すためにブラックコーヒーをグイッと喉に流し込むと、噎《む》せ返った。

「オゲェ、鬼苦！」

「一気飲みするものじゃないからそれ……」

食堂の時みたいに吹き出したらさすがに殴られてたな。むしろ殴ってくれその時は。

お口直しにティラミスを食すと、滑らかなクリームに仄《ほの》かな苦さがアクセントになっていた。

どれもこれもお値段以上の味がした。

今日、一ヶ月分のお小遣いの大半が消える。

その消失感よりも充実感が大きいのは、眼前で幼馴染が楽しそうにしてくれるからか。

それとも、後に控えるイベントへの期待感か。

麗美はアイスティーを半分ほど飲んだところで、「そういえば」と口を開いた。

「涼太ってなんでSNSやってないの？　私、お陰で連絡できなかったんだから」

「めっちゃ急だな」

パスタをチュルチュル啜《すす》ってから、俺は答えた。

「なんか、ＳＮＳって色んな価値観あるだろ。あんまり顔が見えない相手に左右されたくないんだよな」

「ふうん。ちゃんとした理由あったんだ」

「まあな。麗美にも連絡したかったけど、家電《いえでん》とかあったしいざとなればって思ってたんだ」

「……電話だって一度も掛けてこなかったくせに」

麗美は低めの声を出した。

……電話は一応掛けたのだが、母親同士が話していたせいで繋《つな》がらなかったのだからノーカンだろう。

あれからまだ一ヶ月程しか経《た》っていないが、麗美の言及した電話はもっと前の話だろうし。

だが俺は思うところがあり、小首を傾《かし》げた。

「麗美の生活に支障あったのか？」

「ないわよ」

「ないじゃん」

「でも寂しかったわよ」

俺はパスタに絡めていたフォークをピタリと止めた。

麗美は昔からストレートに気持ちを伝えてくれていた方だった。

だけどここまでじゃなかったはずだ。

びっくりしていると、麗美は少し逡巡《しゅんじゅん》しているように頬を掻《か》く。

そして想起するように窓の外に視線を送った。

俺も麗美につられて視線を移す。

外には雲一つない晴天が広がっていた。

「空は何処《どこ》までも繋がってるなんて綺麗《きれい》事。実際に移動するなんて、中学生にはハードル高いじゃない」

「……まあ、それは」

「そういう状況で仲良かった人と連絡取れないのは、中々辛《つら》かったわ」

電車移動するような距離間で、一人知らない場所へ放り込まれるのは、想像するだけで恐怖だ。

中学に入学した当初、知り合いが数人いたのに孤立しかけた身としては特にそう思う。

「ごめん。やっぱり連絡すればよかったな」

俺が麗美に目をやると、彼女は既にこちらに向き直っていた。

「別に、謝らないで。水臭いって思ってただけだし……って、今の言い方だったら謝るのが普通か。面倒臭い女ね、私」

「そうだけど、ちゃんと俺が悪いと思ったから」

「そうだけどって言われるとは思わなかった」

「ごめん謝るのが普通に掛かってた、面倒臭いとかじゃないって！」

「ふん、どうだか」

麗美はジトッと目を細めて、水を一口飲む。

やっぱり、転校してからもずっと俺のことを気にかけてくれていたんだろうか。

「転校、大変だったよな。遠く離れた場所って、もはや異世界みたいなもんだろ」

「現金ね。今更フォローしたくなってても遅いんだから」

「うぐ……」

麗美の見透かしたような発言に、思わず口を噤《つぐ》む。

その反応に溜飲《りゅういん》が下がったのか、麗美は口角を上げた。

「ふふ、冗談よ。言われてみたら、電話しなかったのはお互い様だし」

「本気半分だろそれ！　中学、そんくらい大変だったのか？」

そう訊《き》くと、麗美は「えー」と顎に人差し指を当てる。

怒っている訳ではなさそうで、俺は胸を撫《な》で下ろした。

「まあ、さすがに色々勝手は違ったわね。でも楽しかったわよ？　寄せ書きも結構貰《もら》えたし」

「へえ……やっぱ俺とはコミュ力違《ちげ》えな。小学生の時は周りと殆《ほとん》ど喋《しゃべ》らなかったのに」

「ちょっと、昔から女子とは喋ってたでしょ？　やめてよ変な設定足すの！」

麗美はむくれながら言葉を返す。

そして想起するように視線を逸《そ》らし、続けて言った。

「あなたが思ってたように、私も自分の変わりようにびっくりしてるの。でも今更、元には戻れないし」

俺は昔の麗美の方に好意を示す自覚がある。

それを麗美は気にしているのだろうか。

「言っとくけど、今の麗美も大人でかっこいいぞ」

「あっそ」

「うわ、全然嬉しくなさそうだな」

俺は息を吐いて、ぬるくなったブラックコーヒーを飲み干した。

空になったカップに、鳶色《とびいろ》の跡が残っていた。

「嬉しくなんかないわよ。大人なんて、皆んな言いたいこと我慢してるんだし。久々に会った日にも言ったでしょ、もうなんでも言える年じゃないってさ」

「じゃあなんで麗美は大人になろうとしてるんだよ」

「私はあるべき姿がそれだと思ってるだけ」

「ふうん」

「まあ分からないわよね」

「分からせる気あった？」

「ない」

「ないの⁉」

俺が仰天すると、麗美は目尻を下げて微笑《ほほえ》んだ。

「だからこそ、涼太はそのままでいてって言ったのよ」

「……お、おう」

俺は戸惑いながらも、短く返事をした。

一つ理解できたことがある。

麗美の中で、大人は格好良いものじゃない。

大人を格好良いものとして捉えている俺は、将来に幻想を抱きすぎなのかもしれない。


それからは学校生活、世間話など、時間を忘れて話し込んだ。

まるで空いた時間を埋めるかのように。

同時に――何かに焦っているように。

やがて麗美はスマホの画面に視線を落として、口を開いた。

「……あっという間。柚葉さんたちとの合流まで、あと一時間か」

「俺ら映画観たからな。そりゃ時間以上に体感早いよ」

「映画ね。今日の参考になるかはさておき、中々リアルで良かったわよね？」

「だなあ、ゆったりできた時間だった」

中身のなくなった大皿とコーヒーカップが、橙色《だいだいいろ》の光を反射している。

淀《よど》んだ光は沈みゆく夕陽《ゆうひ》を彷彿《ほうふつ》とさせて、俺は手をキュッと握った。

「──俺と花園が付き合ったら、こうやって遊ぶのは無理か」

麗美は口を閉じる。

先程から薄《う》っすら考えていたことだった。

こうして麗美と二人で過ごす時間は、万が一花園と上手《うま》く行った時は無くなってしまう。

麗美も俺と同じことを考えていたのかもしれない。

もしかしたら麗美は前から思案して、その上で協力してくれているのかもしれない。

それは自分にとって嬉しいことなのか、やはり今の俺にはハッキリとは解《わか》らなかった。

「あなたの好きにしなさい。私が決めることじゃないわ」

「……うん。そうだよな」

人生で初めてイイ感じになった女子。

別れを果たしたあの時とは違い、この先どんな関係性になったたって学校が離れる訳じゃない。

それが保証されているだけで、いくらか安心感もあるけれど。

「花園さん、充分脈アリとはいってもまだどうなるか分からないんでしょ。今は何を話したって取らぬ狸《たぬき》の皮算用よ」

「……そうだな。まずは頑張るしかないか」

「ええ」

あと二時間もすれば、花園とのデートが上手くいっているかすらも大方決まっているはずだ。

三時間もすれば、関係性が変わっている可能性も。

そう考えると、急に緊張感がやってきた。

そんな俺の胸中を見抜いたのか、麗美は元気な声を出した。

「よし、じゃあ最後はゲーセンで弾《はじ》けましょうか！」

「おお、このままカフェ待機かと思ってたけど！」

「言われてみれば、ほんとに最後になるかもしれないしね。よく行ってたところで遊びましょうよ」

そう言った麗美はどこか大人びた表情を浮かべていた。

クラスの中で見せる、どの表情よりも。

それが何を意味するのか答えを出す前に、麗美は一人で席を立つ。

彼女のいなくなった席は、思いの外寂れて見える。

店内に響くＢＧＭだけが、愉《たの》しげにリズムを刻んでいた。

▽▽十一話　合流

ゲーセンへの移動はあっという間だった。

入店した途端に派手な音楽が耳朶《じだ》に響き、男心をくすぐってくる。

しかしそれは幼馴染《おさななじみ》にも適用されるようだ。

「なんかこの曲テンション上がるわね、私のメダル生活を始めるのに相応《ふさわ》しい選曲だわ。さてさて、いくら貯《た》めようかしら」

「完全にギャンブラーの言動だけど将来大丈夫そう？」

「何言ってるの、貯蓄はむしろ健全でしょ？」

「メダルで貯蓄する思考回路のこと言ってんだよ！」

麗美《れみ》は返す言葉が見つからないようで、珍しく悔しそうに唸《うな》った。

「いいから、いざメダルゲームよっ」

……そういえば、麗美は昔からメダルゲームめちゃくちゃ好きだったな。

「意外だわ、まだメダルゲームしてたなんて。とっくに足洗ったのかと思ってたぜ」

思い出しながら茶化《ちゃか》すと、麗美は眉根を寄せた。

「え、涼太《りょうた》やめたの？　あなたが巻き込んだのに？」

「あれ、そうだっけ？」

俺がすっかり忘れているのが分かると、麗美はますます機嫌を損ねたようだ。

「……そうよ、涼太がお父さんにゲーセンへ連れて行ってもらう時、私を誘ってきたんだから。人を沼に叩《たた》き込んでおいて一人脱出するとかタチ悪いわよ！」

「語弊ある言い方やめて⁉」

当時はセイラがあらゆる対戦ゲームの相手にならなくて、その分麗美と様々なゲームで接戦を繰り広げていた。

そして最後にハマったのがメダルゲームだったのだが、俺が巻き込んだといえばそうかもしれない。

いつもその日の終わりに、残ったメダルの数で勝負していたっけ。

「私なんてお陰で未《いま》だにやりたくなるんだから、責任取りなさいよね。こういうのって一人でやってるところがバレたら何故《なぜ》か不良って勘違いされるし。メダルなんて別にお金に換えられないのに！」

「ゲーセンに女子一人ってシチュエーションがそう思わせるんだろ。ただでさえ麗美はピアスしてるしな」

麗美の耳元に目をやると、ブルーのピアスが光沢を放っている。

俺の言葉に、麗美はフンッと鼻を鳴らす。

「別にピアスくらい良いでしょ。北高《きた》は服装への校則緩いって聞いてたのに、ピアスしてる人がいない方が不思議なんだけど」

「そりゃまあうちは基本その辺り自由だし、うちのクラスにも派手髪いるけど。ピアスはかなりハードル高いと思うぞ？　見た目結構イカつくなるじゃん」

「私はお洒落《しやれ》でつけてるのよ！」

「それは知ってるけど、傍《はた》から見たらって話でな」

容姿端麗というだけで目立つのに、ピアスが印象の鮮烈さを倍増させている。

麗美が嫌いそうな思考だったので、念のために言わないでおいた。

それに、花園《はなぞの》もこういう思考は気に入らないだろうし。

「でもまあ、ピアス似合う人ってカッコいいよな」

「え？」

麗美は声を漏らした。

そして、ピタリと歩みを止める。

彼女はこちらに向き直らないまま、俺に訊き返した。

「もう一度言って？」

「へ？　いや、その。……ピアス似合うのカッコいいよなって」

麗美が目を見開くのが判《わか》った。

そして数秒間の沈黙が降りる。

やけにBGMが大きく感じてきた時、麗美は相好を崩す。

白い歯が露《あら》わになる微笑みは、随分久しぶりだった。

「……なんだ。ふふ、ありがと」

「な、なんだよ急に」

「別に。嬉《うれ》しいだけよ」

「そ、そうか」

……褒めただけで素直に喜ぶなんて、どうしたんだ。

いつになく屈託のない笑顔が印象的だった。

俺は視線を逸《そ》らして、メダルゲームのエリアに歩を進める。

若干緊張を残したまま、俺は麗美に問いを投げた。

「メダルゲームっていっても、何から始める？」

「何でもいいわよ。結構種類あるわよね」

「そう言われても、俺足洗ってから長いからな」

「私だってもう全然できてないわよ」

「……できてないって言うあたり、まじでメダルゲームしたかったんだな」

麗美が「うるさいわね」と口を尖らせ、言葉を重ねようとした時だった。

「あれ？」

ＵＦＯキャッチャーの前に見慣れた人影があった。

麗美も気付いたらしく、ピタリと立ち止まる。

「あの子、柚葉《ゆずは》さんじゃない？」

「やっぱりそう思うか」
五、六メートル先に屈《かが》み込む女子が一人。
キャップを被《かぶ》って顔の全容は視認できないが、あの強気そうな横顔や髪色は特徴的。

一メートルほど距離を詰めると、推測は確信に変わった。

クラスの中心人物、柚葉由衣《ゆい》だ。

「……まじで柚葉じゃん。なんでこのゲーセンいるんだあいつ」

「此処《ここ》って集合場所から結構離れてるわよね。ショッピング中にバッタリって予定だったと思うけど」

「うん。まあ、ここでも条件は揃《そろ》ってるけどな……」

柚葉たちと合流する場所の条件は、人がバラけてもすぐにはバレないこと。

当初はお店を飛び回るように移動できるショッピングモールが指定場所だったのだが、ゲーセンでもそれは可能だ。

「……でも麗美、メダルゲームしたいよな」

「うーん……したいけど、いつ花園さんが来るか分からないし。また機会があればにした方が無難かもね」

……そのまたがないかもしれないから言ってるんだけどな。

俺の中では、最後になるかもしれない事実は重要だった。

「とにかく、これで私の彼女タイムは終わり。……うん、結構楽しかったわ」

「いや、今はメダルエリア行こうぜ」

「え？　ちょっ……」

麗美の手をクイッと引いて、すぐ離す。麗美は少し戸惑ったような表情で、いつになく小さな声を出した。

「……もう、急に引っ張らないでよ」

「ごめんごめん」

時間一杯はゲームしたって、神様は怒らない。

だったらもう少しだけ、この時間を過ごしたっていいはずだ。

そう思って、此処を離れようとした時だった。

視界の隅で、柚葉がくるっと振り向くのが判った。

「アレ。うわ、吉木《よしき》ー？」

……バレた。

一人なら避けられるかもしれないが、麗美も見られていたらさすがに誤魔化せない。

俺は迷った挙句、観念した。

「この時間は終わりだな」

「ええ。……そのつもりだったから、私」

麗美の言葉に頷《うなず》いて、俺は柚葉に向けて歩を進めた。

「よ、よう。何してんだ？」

「何って、あたしらも遊んでんだけど……うわちゃ、ここで会っちゃったか！」

柚葉は額をパチンと叩く。

そういえば、休日に柚葉と会うのは初めてだ。

麗美の時もそうだけど、普段制服を着ている女子の私服姿は破壊力が高い。

薄手の白シャツは安定で第二ボタンまで開けられて、胸元にはシルバーのネックレスが載っている。

ここまでは制服でもギリギリ見る光景なのだが、この私服においてはシャツの裾が脇腹あたりで結ばれ、おへそが露わになっていた。

ダメージジーンズ調の短パンは麗美よりも更に丈が短く、穴が空いているので目のやり場に相当困る。

それでいてバッチリ施されたメイクで目は煌《きら》びやかに光り、視線を交差させるだけでも胆力を要した。ここにタケルがいたら尚更《なおさら》だっただろう。

俺がリハーサルも兼ねて口パクで「演技」と伝えると、柚葉は素早く辺りを見回す。

そして、あからさまに声を大きくした。

「あっれー、吉木キグー！　ＵＦＯキャッチャーで一攫千金《いっかくせんきん》してんの、吉木もやる？　ワンチャン億万長者なれるよ！」

あからさまな対応なのに、溌剌《はつらつ》とした笑顔は健在だった。

普段の笑顔が咄嗟に出てしまうのだろう。

それはそうと、この大根役者ぶりは心配になる。

「ぬいぐるみで億万長者になったら世話ねぇよ、せめてメダルゲームだろそういう野望は。つーか演技下手すぎんだよっ」

最後の方は小声だったが、柚葉は「分かってるって、コレ慣らしだしっ」と気にする様子もない。

「分かってるなら絶対気にして？」

「おっけ！　てか吉木も億万長者の方は夢壊さないでよ、今のあたしがそーいう設定なだけなんだし」

「なんで皆《み》んなこの年齢からギャンブラーなんだ……」

柚葉は頰《ほお》を膨らませた後、慌てたようにぷしゅっと萎《しぼ》ませた。後ろの麗美に気付いたらしい。

「あっごめん二階堂《にかいどう》さん、吉木と喋《しゃべ》くっちゃって。こんにちは、今日ヨロシクねっ」

「うん、よろしく。私のことは気にしないで、吉木君って全然私を見ない人だから」

「おい⁉」

俺が麗美に目をやると、すっかり外行きモードになっていた。

柚葉は麗美の発言に、呆《あき》れたようにジト目をした。

「吉木さぁ……まー今からのこと考えたらそっち系のが安全か……」

「うるせえよ、仮にそうなったらしっかり説明するって！」

「フーン。まー取らぬなんたら皮算用だしね」

「狸《たぬき》な、忘れるところそこかよ。普通皮算用とかそのあたりだろ」

柚葉は「うっさ！」と眉を顰《ひそ》めた後、笑顔で麗美に向き直った。

「てか、二階堂さんってゲーセンとか来るんだね。なんていうか、良いギャップ！」

「うん、吉木君が合流前にどうしてもって言うからね」

「あ、やっぱ吉木の案なんだ。吉木マジしっかりしなきゃだよ、今のままで二階堂さんが面倒な人に絡まれたら守れんの？」

「柚葉以上に面倒なやついないって」

「あっれーなんか聞こえたなー⁉」

「そうか？　麗美、聞こえたか？」

「聞こえたわよ、柚葉さんに酷《ひど》いこと言ってたわね」

「平気で売るんじゃねえよ⁉」

あれだけメダルゲームをやりたがってた女子は幻だったかのように落ち着き払っている。

後ろから腰を抓《つね》られてなかったら、メダルゲームの件はおろか、幼馴染《おさななじみ》の性格について口が滑るところだったぜ。痛いっつーの。

「てか吉木もさー、あたしと休日バッタリ会うの初めてじゃん？　土日なのに出歩けんだね、ウケる！」

「引き籠《こ》もりみたいに言うな！」

柚葉は笑いながら、肩をバシバシ叩《たた》いてきた。

「出歩けんなら言ってってば、誘うの遠慮してたじゃん！　今他の三人上の階で遊んでるし、なんなら今から暫《しばら》く一緒に遊んじゃう？　私けっこー暇してたんだー」

「いやまあ確かに土日出歩く機会は少ないけど、家でまったりするのも楽しいっていうか」

「これから誘っていい？　ダメなの？　どっち？」

「……今日の状況によっては任せます」

「いいんじゃーん！」

……突然の陽光が眩《まぶ》しすぎる。

休日効果でテンション爆上げなのか。

胸元に載ったネックレスは煌めき、スラッと長い指にはシルバーリングも嵌《は》まっており、誰もが思い描くようなギャル。

制服姿の時より近寄り難いかもしれないが、中身はフレンドリーそのものだ。

そう思った時だった。

「あんれ、吉木じゃん。由衣、吉木呼んだん？」

「えー、ウチらじゃ不満だったってこと？　全然いいケドー」

クラスメイトの高野陽子《たかのようこ》、須藤真希《すどうまき》が近寄ってきた。

麗美の転校初日に彼女を囲んでいた女子二人で、柚葉グループの面々だ。

柚葉は合流してきた二人に向けてかぶりを振った。ライトゴールドの髪が左右に揺れる。

「んーん、たまたま会った。陽子と真希、吉木と喋ったことある？」

「あんまない」

「同じくまだあんまないなー。やっほー吉木君、今から遊んじゃう？　それともウチらとイイコトしちゃう？」

「やめなってそーいうの！」

須藤真希の悪ノリを、柚葉は制止してくれる。

さすが皆んなを繫《つな》げるアイドル、その名に恥じぬ働きぶりだ。

イイコトが何を指すか問いただしたいところだが、麗美の目が怖いのでやめておこう。

セイラにチクられても面倒だ。

そんな思考を巡らせていると、柚葉が小声で囁《ささや》いてきた。

「ごめん、どーてーにはキツイノリだネ」

「言っとくけど、それを認知されてるのも死ぬほどキツイからな」

柚葉は俺から離れると、ケラケラ笑った。

須藤や高野も「仲いいなー」と相変わらず微笑《ほほえ》ましそうにしてくれた。

この二人も柚葉グループというだけあって、基本優しい性格という印象だ。

俺が麗美と再会した時、和やかな雰囲気にしようとしてくれたし。

その麗美はというと、いつの間にか彼女らの隣で笑顔を振り撒《ま》いていた。

目を合わせようと視線を送り続けたが、幼馴染がこちらを見る様子はない。

すると、高野が陽気に話し始めた。

「そんじゃ、せっかくだし吉木とウチらで遊びにいこーよ。もうそろあの子も来るだろーし」

「ええ、いやあ」

今日の主目的は花園とのデート、そしてあわよくば告白すること。

それに、たとえ今日が花園とのデートじゃなかったとしても、このギャルズグループに交じれるコミュ力はない。

「もちろん二階堂サンも来なよ？」

高野があからさまに興味津々といった声色で誘った。

ゴシップ的な興味を持っている高野と須藤には、今日の主目的は教えていない。

それなのに自然と麗美が誘われるのは、やっぱり隠しきれないものがあるんだろう。

「うん、私はお言葉に甘えようかな」

手筈《てはず》通り、麗美は誘いに応じる。

麗美の言葉に、高野が反応しようとした時だった。

フローラルな香り。

――予感がした。

振り返る前に、後ろからふわりとした声が聞こえた。

「それ、よっしーも来るよね？」

振り返る。

数十センチ先に、花園がいた。

後ろから俺を覗《のぞ》き見ていたらしい。

「うお⁉」

「ふふ。驚いた？」

花園はニコッと口角を上げた。

……花園の私服姿を見るのも中学以来だ。

ブラウンのカーディガンにグリーンの小さなハンドバッグ。

カーディガンと同系色のローファーは、花園の可愛《かわい》さを更に際立たせている。

ギャルグループに馴染めているのが意外だ。

塾で見かけていた姿より、かなり遊びが利いている。

今日のグループに多少合わせてきたのかもしれない。

「は、花園……いたのか」

「うん、いたよ。今日は仲間に入れてもらってたの」

隣で柚葉が「いやーついに誘っちゃったんだー！」とわざとらしく笑った。

「そ、そうか」

俺がもっとも直近に好いて、多分イイ感じになった女子。

これまでにないくらいの至近距離で花園と視線を交わしていると、吹き抜けるくらい明るい声が鼓膜を揺らした。

「あれー！　吉木、あたしら予定思い出したカモ！」

思わずバッと柚葉に視線を移す。

……待て。まさかそのテンションで別れるつもりじゃないだろうな。

「よし！　陽子！　真希！　二階堂さん！　プリ撮ろ！」

──下手すぎる!!

麗美もギョッとしたように柚葉を凝視している。

花園と二人きりになる流れは柚葉に一任していたが、この局面でさえアドリブできないのは予想外すぎだ。

「あれ、私とよっしーは？」

花園は戸惑ったように訊《き》いた。

そりゃそうだ。

柚葉の息がかかっていない高野が、訝《いぶか》しげな表情を浮かべた。

「由衣、アンタ何言ってんの？　いきなりハミ子にすんのはさすがにひどい女すぎん？」

「吉木も二階堂さんも、ウチらと遊ぼうねえ」

続けて須藤が猫撫《ねこな》で声を発すると、柚葉は「え!?」と反応した。

どうしてその反応ができるのか知りたい。

ていうか、このギャル二人やっぱり優しいな。

普段俺と柚葉のやり取りを温かく見守ってくれるだけはある。

ふと麗美に目をやると、俺と全く同じことを思っているような顔をしていた。

こうなったら、俺だけ別れた後に花園に連絡を取ってみようか。

柚葉がこの調子なら、都合良く花園とバラけるのはまず無理だ。

そうなるとこのまま六人で遊ぶのが選択肢に入るが、今は次の機会に希望を繋げるのを優先したい。

「ご、ごめん花園、皆んな。俺予定思い出したから行くわ、また誘ってくれ」

今途中離脱しておけば、後日交流の薄い高野や須藤を誘わなくても角が立たない。

つまり次は俺、花園、柚葉、麗美の四人で遊びやすくなる。そうなれば、今日と違ってバラけやすいだろう。

今日の目的が難しくなった今、より可能性が濃くなる方へ賭けるべきだ。

「そっか。残念、遊びたかったのにな」

花園は本当に残念そうな口調で言ってくれた。

単なる社交辞令かもしれないけど、嬉しい。

そう思っていると、柚葉は花園に目をやった。

「花園さんってやっぱ吉木と仲良いねー。教室ではあんまし喋《しゃべ》ってないのに、実はだよね！」

「うん、塾が同じだったから。仲良しな友達だよ」

「花園さんがそんなにハッキリ……吉木、マジモテモテじゃん」

「じゃあ俺行くわ」

「無視⁉　この際せっかく皆《み》んなでレアプリ撮れると思ったのに、ちょっと待とーよ！」

柚葉があからさまに落ち込んだのに、高野と須藤は「オッケー、んじゃあまた学校でねー」とあっさり手を振った。

しょげしょげの柚葉に、ギャルズ二人は「どしたの由衣、私らじゃ不満ってわけ？」と笑いながら、ゲーセンの奥へと歩いて行く。

……予想通り。

あの二人は柚葉を好きなだけで、俺に興味がある訳じゃない。

麗美は俺に向けて眉を上に動かし、小さくかぶりを振ってから歩を進めた。

……まあ、麗美があっちに行くのは仕方ないな。

「よっしー」

「ん」

花園は少しその場で佇《たたず》んで、俺に微笑みかけた。

「遊ぶのはまた今度だね」

「……お、おう」

今度、やっぱり誘っていいのか。

どうか〝二人きりで〟という意味が含まれていますように。

花園はくるりと踵《きびす》を返し、四人の後ろについて行った。

小さくなっていく背中は、呼んだら引き返してくれるだろうか。

俺は彼女の背中が視界から消えるのを確認し、最近で一番大きな溜息《ためいき》を吐《つ》いた。

「……はあぁぁ」

……全然上手《うま》くいかなかった。

麗美の言う通り、全て取らぬ狸《たぬき》の皮算用だった。

柚葉のアドリブ不足もあるが、今しがた誘えなかった時点で俺の負けだ。

二人きりの時間さえあれば、いつでも抜け出せたはずだから。特に最後の時間は十二分に勝負できたはずだ。

より濃い可能性に賭けるべき。

そう思っての離脱する選択だったが、いざ一人になるとホッとしている自分がいた。

……やっぱり、俺は行動しない理由を探しているだけだった。

これまで告白できなかった時は、特別な事情などではなく、単に勇気がなかったのだ。

あと一歩を越える力が、俺にはない。

それが今日、証明されてしまった気がする。
……あれだけ協力してもらったのに。
特に今日半日付き合ってもらった麗美には顔向けできそうにない。
麗美は謝罪など望んでいないだろうけど。
先程までの幸福な時間とのギャップで、風邪をひきそうになる。
ゲーセンのＢＧＭは一人だと喧《やかま》しさが勝ち、すぐに敷地を跨《また》ぐ。
そして真《ま》っ直《す》ぐ帰路につこうとした時だった。

不意にスマホが震えた。

俺は急いでポケットからスマホを取り出す。
画面に表示されたのは、花園からのラインだった。
胸が高鳴る。
花園からラインが届くこと自体とても珍しいし、これだけでも収穫だ。
トーク画面を開くと、彼女のメッセージが目に入る。
花園のメッセージに、俺の心臓は確かに一瞬止まった。

Yuka『抜けてこよっか笑』

「えっ」

思わず声を漏らす。

抜けてくる。

合流してくれる。

それも二人きりで。

意味を理解するや、殆《ほとん》ど反射的に『え!?』『了解』と二つのスタンプを押す。

慌ててスマホに指を走らせ、続きを送信する前に、また花園からメッセージが届いた。

Yuka『傍《そば》の自販機で待ってるね笑』

「お、おおお……!?」

……このトーク画面、家に帰ったら絶対スクショしよう。

セイラには引かれるかもしれないが、これに喜ばない男子はいない。

俺はスマホを後ろポケットに仕舞《しま》い、花園の待つ自販機へと駆ける。

花園はなんで抜けてきてくれたんだろう。

いずれにせよ、これは多分最大のチャンス。

そんな予感が、俺の身体《からだ》を駆け巡った。

十二話　イイ感じの女子

花園は俺の姿を認めると、ニコリと口角を上げた。

「きた」

合流した時のセリフを考えていたが、その表情だけで頭から吹き飛んでしまった。

結局俺は「おう」と短く返すと、花園はコクリと頷《うなず》いた。

……まさか、花園の方から来てくれるなんて思いもしなかった。

麗美はデートする時点で脈アリだと言っていたが、今日はまさにそれが体現されてしまうのだろうか。いずれにせよ、このチャンスをみすみす逃すことだけはできない。

「は、花園」

「ん？」

「なんで抜けてきてくれたんだ？」

明け透けな質問に、花園はキョトンとした。

「え？　だって、よっしー可哀想《かわいそう》だったもん」

「か、可哀想……」

「よっしー、一人になりたくないって顔してたし」

「俺、そんな顔してたのか」

実際は作戦大失敗の顔だったけど。

花園から誘ってもらえるなんて、結果オーライが過ぎる。

「してたしてた。別れ際なんて寂しそうな顔で、子犬みたいだったよ。思わず戻ってきちゃった」

花園は少し照れたように言葉を紡ぐ。

多分俺の方が百倍照れている。

「そういうよっしーは、二階堂さんと何してたの？　最初デートの邪魔しちゃったかなって思っちゃったけど」

……この質問には、事前に用意した答えがいいか。

「違う。確かに普通なら男女はデートになるんだろうけど、二階堂とは幼馴染《おさななじみ》だから。小学生の頃、あそこのゲーセンによく顔出してたんだ。だから邪魔とかにはなってない、どっちにしろそろそろ解散する予定だったし」

答えている途中から、花園は目尻を下げていた。

どうやら柚葉の狙いは大きく外れ、嫉妬のしの字もないようだ。

「ふふ、そっか。高校生になって改めてゲーセン行くのって、なんかエモいね」

「だ、だろ？　さすがにプリクラとかは撮らなかったけどな」

「だよね、よっしー全然プリのイメージないもん」

「ひでえなオイ！」

俺がツッコむと、花園はクスクス笑みを溢《こぼ》す。

意外にも、花園から視線を逸《そ》らさない自分がいた。

羞恥心より、彼女の一挙一動への集中力が勝っているのかもしれない。

「それで、どうする？」

「え？」

「解散する予定だったってことは、予定あるんでしょ？　このまま解散する？」

「か、帰らない。予定はなんか、無くなった！」

俺の無理矢理気味な返事に、花園は目をパチクリさせた。

そして、フッと頰《ほお》を緩める。

「分かった。じゃあ今日はデートだね」

「デ……デート⁉」

「うん。私は幼馴染じゃないし、よっしーの中だったらそうなるのかなって」

花園は和やかにそう言った。

男女二人きりで外出するのをデートと呼ぶかは、人によって分かれる。

花園がこの時間をただの遊びだと言わず、デートと明言してくれるなんて予想外すぎた。

本当に花園とデートができるなんて。

しかも、今度は本物だ。

「は、花園はそれでいいのか？」

「うん。いいよ」

……もしや、これは本当にイイ感じなのでは。

いや、慢心するな。

花園と最初に仲良くなったきっかけは、自習室での筆談。

その仲を加速させたのは、塾という知り合いがいない環境だ。

俺も些《いささ》か気が緩んだ面があったが、それは花園も同様だった。

高校は塾の環境とは大きく異なる。

それに花園は先週告白されたばかりなのだし、まだ気を張っているはず。

この慢心が地雷に直結する可能性は大いにある。

でも、少なくとも——俺との間にデートという単語を使うことに抵抗がないのは確かだ。

「そうだな、これはデートだ。よろしく花園」

「ふふ。うん、よろしくね」

花園は面白そうに言葉を返した。

「じゃ、行こっか」

「おう」

街中に歩を進める。

休日なのに、隣に花園優佳《ゆうか》がいるという状況を脳が処理しきれていない。

それくらい自分の身体《からだ》が硬くなっているのが分かる。

花園にデートであることをあっさり認められたことが、一層俺を浮き立たせている。

視線を前方に戻すと、道ゆくカップルが視界に入った。

今まで嫉妬の対象になることが多かったのに、今日は何故《なぜ》かとても微笑《ほほえ》ましく感じる。

時折聞こえてくる花園の鼻歌なんて、全部録音したいくらいだ。

「よっしーって、二階堂さんとどうやって仲良くなったの？」

「え？　う、うーん昔のことだからな。二階堂と仲良くなったのもほんと偶然というか」

「デート中に他の女子の話するとか五百点減点だ」

「り、理不尽だろ今のは⁉　この流れで喋《しゃべ》らない方が変、ていうか何点満点だよそれ！」

俺は思わず花園に視線を戻した。

「千点！」

「結構な割合引かれたとみるべきか、まだ五割残ってるとみるべきか……」

「ふふ、冗談。これがやりたかっただけ」

「そういうことか……危なかった」

花園が好む冗談の類を忘れていた。

学校では言えない冗談も、二人きりなら解放されるという訳だ。

「くそ、弄ばれた。さては最近こういう冗談が言いたくてウズウズしてたんだろ！」

「半分正解かなぁ」

花園は目尻を下げた後、口を開いた。

「これからどうしよっか。ショッピングモールとか行く？」

「ええ？　どうだろうな」

本来選択肢としては妥当だ。

しかし別れたばかりの柚葉グループと邂逅《かいこう》する可能性が高い。

「いや、ショッピングモールはやめとこうぜ」

「じゃあ映画？」

「やめとこう」

「カフェ？」

「やめとこう」

「……実は帰りたい？」

「全く帰りたくない！」

俺は慌てて口角を上げた。

やばい、断ったにしては自分の中のレパートリーが少なすぎる。

代替案も出さずに首を横に振り続けるなんて、せっかくの上手《うま》くいきそうな雰囲気が崩れかねない。

映画もカフェも先程の時間と被《かぶ》ってしまうが、ここは仕方ないか。

一応最後に訊《き》いてみよう。

「ちなみに、花園は何がしたい？」

「私？　私は……そうだなぁ」

花園は真面目に考えてくれて、脇道に逸れた。

そして数秒経《た》った頃、

「もう少し、よっしーのことが知りたいかな」

……答えになってないような。

でもその言の葉は、確かに胸を温かくしてくれた。

「昔のアルバム見せるとか、そういうことか？」

「あ、いいね。面白そう」

「なら家《うち》来るか」

「えっ」

花園は目を丸くした。

そしてそれは俺もだった。

思い切り硬直してしまい、ぐるぐる思考が頭を巡る。

やばい、やばいやばい。

一体全体、なにを口走ってんだ俺。

アルバムなんて、別に現物じゃなくたっていい。

スマホの中に色々データ入ってんだろ、何のための文明の利器だ。

「いや、その！　俺の家ここから結構近いんだ、一旦散歩して道中見つからなかったらって感じで、まあ実質散歩しよってことだっ」

「そ、そっか……？」

麗美の〝手出したら殺すことにした〟という発言を思い出す。

家は幼馴染だから成り立ったのであって、花園との関係性で適用させる難易度は高い。ましてて初めての外出で家に来てもらうなんて、仮にデートであることを踏まえてもあり得ない話だ。

「ごめん、変なこと言って。まじで変な意味じゃなくて、普通に言っただけで」

「ううん、いいよ」

「あ、ありがとう。じゃあ適当にほっつき歩いて……」

「そうじゃなくて。お邪魔してもいいかな」

「へ？」

耳を疑った。

「ダ、ダメだろ。だって、つ……付き合ってもないのに」

「え？　さっきと言ってること違うじゃん」

花園は微《かす》かに上目遣いをした。

まるで――この状況で何かを観察しているかのように。

花園と先輩のやり取りを思い出し、俺はゴクリと唾を飲む。

「そう、だけど。前に言ったろ？　いくら友達でも……男女である限りそういう気持ちにならないとは限らないって」

「……うん。言ってたね」

「だったら」

「もしかしたら、私もさ。……そろそろ踏ん切りつけなきゃいけないのかなって」

花園は遮るように言って、大股で一歩進む。

そしてこちらに向き直り、胸奥《きょうおう》から掬《すく》い上げるような声で言葉を紡いだ。

「期待してるんだ、私」

花園の後ろから陽光が差し込む。

六月の温かな風が二人の間を吹き抜ける。

彼女は返事を待たずに前を向いた。

その瞬間の表情は、俺には視認できなかった。

◇◆

親の車がないことを確認し、念のためラインでも確認を入れる。

自宅前で待機して五分、色良い返事が届いた。

家族が帰ってくるのは、どうやらあと五時間近くもあるようだ。

「うん、入れそうだ」

そう言って、俺は玄関に繋《つな》がる小門を開く。

「やった」

花園は控えめな声で喜んで、俺の後をついてきた。

玄関のドアを開けると、いつも通りの空気が迎えてくれる。

この空気に独特の臭いがないことを祈るばかりだ。

「く、臭くないか？」

「え？　ううん、良い匂いだよ。玄関に気遣いがあるのすごいよ」

花園は靴箱の上に置かれた、消臭剤を指差した。

「あーそうか、確かにこの匂いがあるのは大きいな」

「なくても良い匂いだけどね」

「まあ来客の立場ならそう言うしかないよな」

「ふふ、よっしー捻《ひね》くれ者だ」

「よく言われる」

俺は靴を脱いで、急いで整える。

勿論《もちろん》、いつもはこんなに丁寧に整頓しない。

……まさか、自分の家に花園が来るなんて。

高校生になってからは、まだ麗美すらも来ていないのに。

花園は慣れた手付きで靴を丁寧に並べながら、質問してきた。

「お邪魔しちゃったけど、ほんとに大丈夫かな」

「親にバレたら怒られるな」

「ダメじゃん⁉」

「でも、帰ってくるのすごく遅いらしいから。これからうちの妹と三人でナイターの野球観戦するらしい」

「そっか……それなら、よかったと思っておこうかな」

花園は安堵《あんど》したように息を吐く。

「でも、悪いことしてる気分だね？」

「そういう気分になるのは嫌か？」

考えてみれば、花園のキャラじゃない。

先生からの認識も優等生そのものだろうし。

だけど、花園は愉《たの》しそうに頰《ほお》を緩めた。

「ううん、ちょっとワクワクする。痕跡残さないようにしないとね」

「殺人現場か！」

「やっちゃう？」

「その場合被害者俺しかいなくない⁉」

おどけた返事をすると、花園はクスクス笑った。

ウケただけでめちゃくちゃ嬉《うれ》しいのは男子の性《さが》か。

「ていうか、さっきの話だけどよっしー妹さんいるんだね。なんか意外だな」

「え、意外か。一人っ子に見えてたのか」

「ううん、よっしーは末っ子くんなのかなって」

「ほうほう、兄にしては頼りないと。……日直のやつ手伝ったのは誰だったかな」

「ごめんなさい」

「認めないで⁉」

俺は大きな声を上げて、そっぽを向いてみせる。

「ったく……あ、俺の部屋こっちな」

そう続けて、自分の部屋へ案内すべく階段を登る。

玄関に上がってからすぐにある階段なので、リビングは見せなくて済む。

リビングには大量の洗濯物が積まれているはずなので、花園を部屋に待たせて少し片付けした方がいいかもしれない。

花園は遠慮がちに踵《かかと》を上げて、そろそろと階段を踏み締めた。

「誰もいないし、そんな忍び足じゃなくて大丈夫だから」

「あ、うん。ごめんね、多分癖なんだ」

「忍者じゃん」

「おお、カッコいいね私」

……今度お気に入りの漫画薦めてみようかな。

共通の推し作品ができたら激アツだ。

「花園って漫画読むっけ？」

「ううん、全然読まない」

「な、なるほど」

終わった。

展示会とかにちょっとばかし遠出する妄想が一瞬にして崩れ去る。

「でも、よっしーが薦めてくれたものは読んでみたいな」

「ま、まじ？　じゃあ後で本棚紹介させてくれよ」

「うわ、いいね」

「よっしゃ！」

漫画の話ができれば雑談だってしやすいし、次のデートにだって繋げやすい。

ほんとに今日告白できるか怪しいところだが、仮に無理でも大きな希望を繋げられる。

むしろ後回しにして、花園との関係を構築し直した方がいいんじゃないかと思い始めた。

協力してもらった麗美や柚葉には申し訳ないが、より確実な選択肢なのであれば二人も納得してくれるはず……そんな思考を、俺は振り払った。ここまできて先延ばしなんて考えるから、俺はいつまでも行動できないんだ。

「おお、立派だ！」

「ここが俺の部屋です」

「いや、まじ全然普通の六畳一間だけど。ご覧あ……れ」

自室の扉を開ける前に、俺はまた硬直した。

……そういえば俺、昨日部屋の片付けしてたっけな。

さすがに夜食は処理したが、それ以外は分からない。

「よっしー？」

「いや、なんでもない」

男なら覚悟を決めろ。

散らばっていたとしても洗濯物だし、親が纏《まと》めてくれている可能性だって大いにある。

あまりにも汚かったら、少し時間を貰《もら》えばいいだけの話だ。

意を決して扉を開く。

案の定、床には洗濯物が積まれていた。

「あ」

花園の声が小さく漏れる。

視線を上げると、洗濯物の山頂にパンツ。

「だ――――!?」

俺はパンツをもぎ取り、本棚の隅に放り投げる。

「何も見てないな⁉」

「な、何も見てませんっ」

「色は⁉」

「青っぽかったような……」

「見てるじゃねえか！」

「無理だよ今のは、絶対見える位置だったもんっ」

花園は頰を膨らませる。

そして、あるものに気付いたように視線を移した。

「あ、えっと。写真だ」

「話題の変え方下手だな⁉」

「これはほんとに気になったの！」

花園はそう答えて、写真立てに歩を進める。

本棚の上に飾られているのは、小さな写真立て。

写っているのは、当時小学校に入学したての男女グループだ。

「わ、見覚えある人が何人かいるね。どれがよっしー？」

「えー……右端かな」

俺は斜め後ろから答えた。

「あ、ほんとだ。面影ある」

花園は微笑《ほほえ》ましそうに写真を眺める。

……微笑ましそうに目を細める花園を見るだけで、こんなに嬉しくなるなんて。

「……じゃ、水汲《く》んでくるわ」

「あ、私も行くよ」

「いいって。ほら、痕跡残るかもしれないし」

「あ、そっか。じゃあ……待っとくね。ありがと」

「おう、漫画でも読んでてよ。お薦めの漫画は忍者のやつな」

「わかった」

花園が口元に弧を描く。

階段を降りている間、家が自分の住む空間とは思えないくらい輝いて見えた。

リビングへ到着すると、洗濯物は無く綺麗《きれい》だった。

……これなら、最初はリビングに案内すれば良かったな。

そう思いながら、ポケットからスマホを取り出す。

実は先程、二回ほどスマホが震えていたのだ。

画面には麗美、柚葉からの通知が届いていた。

Remi『調子どう？』

Yui『吉木マジごめん、緊張した！　ヤバいねあれ、大丈夫だった？』

家に招待したことを教えたら、二人ともひっくり返るに違いない。

二人に『グッド』スタンプだけ返して、ニヤけながらスマホを後ろポケットに仕舞《しま》う。

冷蔵庫からオレンジジュースと水を用意し、コップを二つずつ持ち自室へ上がる。

部屋に入ると、花園は本棚の傍《そば》に腰を下ろしていた。

早速一巻に目を通しているようだ。

薦めておいて邪魔したら悪いので、無言でコップをテーブルに置いていると、花園が顔を上げた。

「ごめん、手伝うね」

「いいって」

「良くないよ。お邪魔してる立場だもん」

「こっちは招待してる立場だからな」

「そういうもの？」

「そういうものだ」

「じゃあ、えっと。……またお言葉に甘える。ありがと」

花園は頬を緩めて、漫画を読み始めた。

毎度お礼を伝えられる度に、どんどん気を遣いたくなる。これが良いループというやつか。

それから暫《しばら》く、漫画タイムが続いた。

沈黙が心地良い。お互い無言だけれど、映画の時と同じだ。

同じ作品を読むという体験を共有するのは、言葉を交わす以上に関係を深められる実感がある。

麗美の時と異なり、まだ摑《つか》み切れていなかった花園だからか、それが顕著に感じられた。

俺も同じ漫画の四十三巻を読んで熱い気持ちになっていると、やがて花園が漫画をパタンと閉じた。

「面白かった……！」

「まじで⁉　いや、ガッツリ少年向けだからどうかなって内心ビクついてたんだけどっ」

「最初はついていくのに必死だったけど、世界観に慣れてきたら凄《すご》いねこれ。うん、続き読みたいかも」

「どんどん読んでくれ、残り七十一巻！」

「多いね⁉」

「完結したからなぁ……ってさすがに無理か」

しまった、薦めるなら全十巻程度の漫画にするべきだったか。

だが意外にも花園は少し逡巡《しゅんじゅん》してから言った。

「また、機会があったら」

「……おう。遊びに来てくれ」

花園はコクリと頷《うなず》いて、視線を本棚に移した。

花園が腰を上げると、甘い匂いがした気がする。

私服のふりふりした素材に触れたい欲求に駆られ、太ももを抓《つね》って対抗した。

「なにか落ちてる」

「ん？」

俺も花園のもとに移動して、彼女が指差した先を覗《のぞ》き込む。

本棚の下に木箱が落ちている。

「拾ってもいい？」

「いいけど、俺が——」

「大丈夫だよ」

花園が手に取ったのは、『宝箱』と記載された小さな木箱だった。

「あー……小学生の頃に詰め込んだやつだな。その中にあるものは分かんない。でも宝が入ってるんじゃないかな」

「おお……すごいね。開けていい？」

「いいよ。大した物入ってないけど」

でもこの数年全く開けてないので、俺自身も興味がある。

一緒に覗き込むと、レアカードやサイコロなど、小学生時代にかき集めたガラクタ箱だった。

「ふふ。男子の青春が詰まってるって感じ」

「そう言ってくれるとありがたいわ……」

俺と懇意にしてくれる異性の人は、大抵笑ったりする姿が想像できる。そういう反応も良い。

だが花園は、普段の会話のキャッチボールと同じく、全てを受け入れてくれるような感覚があった。

入ってくる情報を咀嚼《そしやく》して、自身の胸に落とし込む。

本当にそうかは分からないけれど、そう思わせてくれるのは人柄なんだろう。

話している間、ずっと穏やかな空気が流れているように思うのはそのお陰かもしれない。

「これは？」

花園が指差したのは、ブルーに光る石のようなものだった。細々としており、小指に載りそうなサイズだ。

「それか。分かんないな、ビーズだと思うけど」

「それにしては高価そうだけど……宝石とかじゃなくて？」

「子供の時に集めたやつだからな。そんな高価なやつはないと思う」

花園は暫く視線を落としたままだったが、やがて箱の蓋を閉じた。

「思い出たくさんだね」

「うん」

短く答えながら、俺はあることに気付いていた。
先程から、花園と結構な至近距離なのだ。
花園が振り返ったら、彼女の顔が確実に俺の胸に当たる。
静かに唾を飲む。
……もし、このまま背中に触れたら。
そんな欲情が脳裏に過《よ》ぎり続けて、俺は自分の太ももを痛いほど抓《つね》る。
最近、周りの男子はいくらか大人な恋バナで盛んに騒いでいる。
彼女は欲しいが、女子を押し倒すという行為自体にはそこまで共感できなかった。
だが、それは今までそうした局面にならなかったというだけらしい。
こんなの、今日の中で一番抱くべき感情じゃない。
花園はこういう感情を厭悪《えんお》しているのだ。
俺が花園から離れようと、身体《からだ》を後ろに捻《ひね》った時だった。
「あっ」
花園が色のある声を出す。
同時に、捻り様の肘に柔らかな感触。
この感触は、この前麗美の家で体験してしまっている。
つまり。
「ご……ごめん」

胸に当たってしまった。

あろうことか、麗美の時よりもその感触は濃かった。

麗美の胸よりも一回り、二回りくらい小さくて、意識の外だったけど、今は最も強烈な感触として身体に電撃を走らせている。

ていうか、やばい。

謝ってしまったら、認めたのも同然だ。

誤魔化《ごまか》しが利く相手かも分からないけれど。

「う、うん」

花園はさっと半身になって、胸を俺から遠ざけた。

僅かに遠ざかっただけで、応急処置に過ぎない。

あからさまに離れられないのは、俺がその場で突っ立っているからだろう。

花園は戸惑ったように目を泳がせた。

「そ、その。近いかも……」

「いや、分かってる。ほんと……ごめん」

ようやく半歩下がった。

それによって生み出された空間は、人がギリギリ横向きに入るくらいだ。

まだ花園は動かなかった。

「花園が家に来てくれたってことはさ、信頼してくれてるんだよな」

「うん。信頼してる」

「じゃあ今のは……やっぱ、ガッカリしたよな。ていうか、ほんとにわざとじゃないんだけど」

言葉を並べながら、自分の声色に後悔が滲《にじ》んでいるのが分かった。

……避けられたはずだ。余計なことを考えていなかったら、そもそも当たらなかったはずだ。

「ううん、今も信頼してるよ。こうして二人きりになっても、変なことしてこない……と思うし。わざとじゃないもんね？」

「わざとじゃない。そんな勇気ないし」

「え」

花園は目を瞬かせた。

「勇気があったら、変なことするんだ」

「し、しないよ絶対。絶対しない」

「……うん。そうだよね」

花園は不快になった訳ではないようだった。

花園は俺から身を遠ざけていたけれど、それも徐々に元に戻り始めている。

つまり、元の至近距離へ。

「やっぱり、よっしーもそういうの興味あるんだ」

「あるよ」

「あるんだ⁉」

「ないって言う方が嘘《うそ》だからな」

引け目はあるが、それを感じさせたらまずい気がする。

堂々と答える俺に、花園は戸惑ったような声を出した。

「そ、そうだよね男の子だもん。……困ったな」

「いや、ごめん。ほんと、俺がどうかしてるんだ」

そう言って、俺は今度こそ花園から離れた。

数メートル距離を取り、彼女に向き直る。

花園はまだ同じ場所に佇《たたず》んでいた。

……俺に近付きたくないのも当然だ。

「……ごめん、また男子苦手にさせちゃったよな」

俺は大きく悔やんだ。

先輩から告白されていた時の花園は、明らかにいつもの彼女じゃなかった。

きっと強い自分を構築して対抗しなくちゃいけないくらい、苦手意識を持っているのだと思う。

そんな中で、俺が同じような、いやもっと酷《ひど》いことをするなんて。

これじゃ告白どころじゃない。

しかし。

「私、男子が苦手な訳じゃないよ」

「え？」

花園は自分のことを話さない。

だからそれを知ったのも、今初めてだ。

「そ、そっか。普段も男子と喋《しゃべ》らないから、てっきり苦手だと……」

花園は何度か瞬《まばた》きした後、俺から視線を逸《そ》らした。

「……スマホのアラームでさ、お気に入りの曲使うのって罪だと思ってるんだ」

「アラーム？」

「うん。お気に入りだった曲が、いつの間にか嫌いになるもの。そういう男子が、昔多すぎたの」

花園は哀《かな》しそうな笑みを浮かべていた。

「それで……男子と喋らなくなったのか？」

「……うん、それもあるのかな」

「俺とは話してくれるのに」

「よっしーは特別だから」

「……なんでだよ」

「なんでもだよ」

俺は小さく唇を噛《か》んだ。

花園の言葉は俺への気遣いに満ちている。だけどそれは、相見《あいまみ》える友達へ等分に与えられる優しさな気がしてならなかった。

僅かに苛立《いらだ》ったのは、この局面になってまで花園の胸中を察することができない、自分への情けなさだったのかもしれない。

俺の何が、花園の中で特別にさせているのかを訊《き》きたい。

こんな野暮《やぼ》な質問をしたら嫌われるかもしれない。

だから、代わりに本音を吐露した。

「俺だって、昔は花園に嫌われる部類の男子だったと思うぜ。今はマシになったかもしれないけど、その代わりに特別なところが何もない男子になった」

何もないから、柚葉と仲が良いだけで都合良く娯楽の噂《うわさ》にされる。新鮮味を消化されたら、陰口にシフトされる。

小学生時代は、いざとなれば自暴自棄に喧嘩《けんか》をできた。

だけどもう、あの頃のように考えなしに行動する勇気もない。

「何もないし、中途半端だ」

……こんなの、ただのコンプレックスの吐露だ。

自分の発言を思い返すと、前のめりに倒れそうだった。

「……自分のこと、何もないとか、中途半端とか。そうやって認めるのって……辛《つら》くないのかな」

花園は遠慮がちな様子で訊いてきた。

柚葉との噂が流れた際、俺の特筆すべき点がないことを揶揄《やゆ》する内容もあった。

それを想起したんだろう。

「……辛いし情けないよ。でも、これが俺だから。今はまだ高校生だからって、必死に言い聞かせてる」

「……そっか」

花園は短く呟《つぶや》いた。

「よっしーはこういう、女子と二人きりの時にも、わざわざ弱いところを口にできるじゃん。中学の時からさ」

彼女は言葉を紡ぎながら、俺に一歩近付いた。

「私は、そこが凄《すご》いなって思ってる。私の見栄《みえ》っ張りなところと正反対。やっぱり特別だよ」

……だから中学時代、俺が学校生活が上手《うま》くいかない話をした際、ずっと聞いてくれていたのか。

「何もないんだぜ、俺」

「それってダメなことなの？」

「え？」

「私だって何にもないよ。ちょっと可愛《かわい》いくらいかな」

花園は自分の頬《ほお》をちょんと突いて、口角を上げた。

「だから作っていくんだよ。私たち高校生には、それができるんだから」

……その言葉は、いつになくストンと胸に落ちた。

花園とは幾度となく言葉を交わした。だけど、この感覚になったのは初めてだった。

きっと今しがたの発言は、花園が時間をかけて考えた価値観なのかもしれない。

俺は自分の中に、熱が灯《とも》るのを自覚した。

「もしかしてさ。よっしー、私のこと……」

途中で花園は口を閉じる。

そして小さくかぶりを振った。

「な、なに？」

緊張したからか、膝がピクピクと嗤《わら》い始める。

俺はその場に腰を下ろした。

視線を上げると、花園はとても迷っている様子だった。


——きっと。

きっと、俺との友達関係を守るために明言できなかったのだろう。

つまり俺の気持ちは、もう花園に伝わっている。

花園も腰を下ろして、俺と目線を合わせる。

そして少し時間を空けて、断った。

「私、よっしーが思うような人じゃないかもしれないよ」

俺は目を瞬かせる。

……やっぱりだ。

やっぱり花園には、既に俺の胸中はお見通しだ。

それは先週からかもしれないし、久しぶりに話した時かもしれないし、もしかしたら中学時代からずっとバレていたかもしれない。

今確実なのは、俺が花園を好いているのが伝わった上で、この時間が流れているということ。

そして未《いま》だに俺が無言の時点で、肯定したも同然だった。

「よっしーも私に全部を見せてないように、私も見せてないものはある。だから、よっしーの想《おも》う私は勘違いなんだよ」

花園は、諭そうとしている。

自分は君の思うような人じゃないと。

告白されるのを未然に防ごうとしている。

今後の関係性を優先しようと。

先輩と違ってこれまでの交流があるから、丁寧な言い回しをしてくれているだけだ。

「私みたいに裏表がある人が傍《そば》にいたら、きっと成長は毒されちゃう。これから作ろうとしてるよっしーには、もっと――」

……ふざけてる。

「全部見せる必要ないだろ」

俺が言うと、花園は目を見開いた。

「俺、この数週間で思ったんだ。全部見せられたらそりゃあ一番良いけど、それを隠すのが大人に近付くことなんだって。幼馴染《おさななじみ》の二階堂も、俺に言ってないことが絶対ある。逆もそうだ」

告白をこれ以上、未然に防がれてやるもんか。

トラウマなんて関係ない。

「見せたい部分を見せられる。それだけで良いだろ。見せたくないところは見せなくていい」

全てを見せ合って、受け入れ合う。

それができれば理想だし、目指すべきなのかもしれない。

だけどそこまで人に期待するのも、期待されるのも、合わない人だっている。

何故《なぜ》かは解《わか》らないが、誰よりも花園はそのあたりに敏感なのだ。

だから遠ざけようとした。

俺がここで大人になりたいのであれば、気持ちを察して身を引くべき——その可能性すら、否定しきれはしない。

だとしたら、また気持ちを胸に秘めるべきなのか。

また、この時間を見過ごすのか。

おとなになったら、きっと中高時代に色んな後悔を覚える。色んな未練ができる。

いつか、それも青春だと笑う日がくるのだろう。

だけど、それが後悔を、未練を誤魔化《ごまか》すためじゃないと俺は断言できるのか。

……できやしない。

きっとこの先も失敗する度、俺は今日を思い出す。

あの日一歩踏み出しておけば、何か変わったのだろうかと。

そんなのごめんだ。

だから今を、花園優佳を後悔の想い出にしないために。俺は一歩踏み出さなきゃいけないんだ。

「俺は花園が隠したいところは、見たいと思わないようにする。自分の恥ずいところが受け入れられるのは嬉《うれ》しいけど、その逆は求めない。俺はそれで良いんだよ。だって——」

沸騰するような、こんな熱情を胸に抱かせる相手には、気持ちをぶつけるしかない。

もしかすると、これは花園の気持ちを考えられない、稚拙な行動なのかもしれない。

だけど俺は、まだ物分かりのいい大人になんてなりたくないから。

「俺は、花園が俺に見せても良いって思える部分だけで好きになったんだ」

「……よっしー」

「だから、何言われても俺の気持ちは変わらない」

「そ……そっか」

花園は、糸が切れたように俯《うつむ》いた。

時計の針が、二人の時間を刻んでいく。

数えきれないほど秒針が進んだ時、ようやく花園は答えてくれた。

「ごめんね」

時間が止まった。

痛いほどの沈黙が、俺の耳朶《じだ》にグワーンと広がった。

干上がるような喉から、俺は短く声を出した。

「……だよな」

牽制されたのを自覚しておきながら、好き勝手に言葉を並べた。

告白としては最低だったかもしれない。

だけど、言い切った。

今まで溜《た》め込んでいた気持ちを、多分言い切った。

それが胸を空《す》いてくれたのか、不思議と気持ちが軽くなっていった。

悔いはない。

いや、細かなところには悔いも沢山ある。もう少し時間を重ねてからデートすればよかったとか、もっと細かく計画していればよかったとか、色々。

でも今は、今だけは充足感の方が大きかった。

これまでの俺は、こんなにも真っ直《ま》ぐ《す》に自分の気持ちを言葉にすることなんてできなかったから。一歩踏み出す勇気がなかったから。

それができただけでも、この先の糧になる。

……そう思うしかない。

真っ先に浮かんだのは麗美の顔だ。

今日のことを報告したら、あいつどんな顔するかな。

心配するだろうか。

慮《おもんばか》ってくるだろうか。

いつもの冷静な顔を崩して、バカみたいに笑うかもしれない。

そっちの方が俺の中ではしっくりくる。

他の人への対応はともかく、俺は笑ってくれた方が気が楽だ。

柚葉なんて、ゲラゲラと笑い飛ばしてくれそうだな。

……そうだ。

また新しい日常が始まる。

これはただ、それだけのことだ。

俺は、おもむろに腰を上げた。

「じゃあ、送るよ」

「……え？」

「うん。あんまり家に留《とど》まってるのもあれだろ」

花園はそのまま動かない。

俺は怪訝《けげん》に思い、「どうした？」と訊く。

「ごめんね。今のはね、そういう意味じゃないんだ」

「え？」

意味が分からず、俺は続きの言葉が紡がれるのを待った。

「ただ、見えてない部分が、見えてる部分を台無しにする可能性だってあると思うから」

「うん」

「だから、ごめんねって」

「……つまり、どういうことだ？」

念を押して複数回断ったということか。

だとしたら酷《ひど》い話だ。

しかしよくよく見れば、花園はまだ何か言葉を紡ぎ出しそうな表情をしている。

まるで、かつての自分を見ているような。

不意に直感した。

……まさか。

「なあ」

「うん」

「今って、俺らイイ感じか？」

――イイ感じは、恋愛の第一関門。

あくまで主観で判断するしかない。もしくは。

花園は立ち上がる。

どの花園との記憶よりも至近距離になる。

彼女の微《かす》かな息遣いが、俺の鼓膜と胸を震わせた。

「……そうかも」

そして、花園は俺の胸に埋《うず》まった。

温かな体温が、俺を信頼すると伝えてくれる。

息の出し入れさえ、リズムを合わせて呼吸する。
全てが初めての感覚だった。
イイ感じは、恋愛の第一関門。
だが主観だけなら曖昧になる壁も、双方の感情を確かめ合えるのなら越えられる。
無言で判断すべき物事にも、花園は応えてくれる。
そして、この先にすべきことは。
今まで、女子との関係が進展した例《ため》しはなかったけれど。
想起する。

――かつてイイ感じになった女子と、また同じ時間を過ごせたら。俺みたいな人間にも、まだチャンスはあるかもしれないのに。

その同じ時間。それ以上の時間を経て、俺は。

「俺、花園のこと好きだ」

改めて、紡ぎ出す。
言の葉そのものが大切かであるように。

彼女に伝われというように。

「……よっしーは私がいいの？」

「うん」

「私、地味だよ」

「全然そう思わない」

「スタイルもそんなに良くないし」

「全く関係ないだろ」

「胸も……小さいけど。二階堂さんとか柚葉さんとかの見てると、余計に」

「ますます関係ない！　俺、手出すような目的じゃない！」

花園は洟《はな》を啜《すす》って、くぐもった笑い声を出す。

「そうだ。この前、見られてたんだった」

俺は慌てて捲《まく》し立てた。

「ごめん、見られたくないところだったよな。……俺さっき見せたくないところは見せなくていいって言ったけど、嘘《うそ》じゃないからな！　あれはその前に起きた出来事だから！」

「ふふ。もう……よっしーならいいよ」

花園はある種諦めのような、そして心の綻びのような笑みを浮かべる。

それが今までのどの花園の表情よりも喜びの色を含んでいる気がして、俺は返事を待ちきれずに促した。

「じゃあ、答えは？」

花園が顔を上げる。

長い睫毛《まつげ》が微かに揺れた。

「……うん。これからよろしくお願いします」

歯車と歯車が噛《か》み合う。

回る。

回り始める。

恋の歯車が、大きな音を立てて加速した。

エピローグ

『へー、ガチで付き合えたんだ！　吉木《よしき》やる、マジやるじゃん見直した！』

「そうなんだよ、やばいよな！」

俺が興奮気味に言葉を返す。

告白にまさかの成功をした翌日の夜、俺は柚葉《ゆずは》に電話を掛けていた。

明日月曜日に直接報告しようとしたのだが、柚葉から催促の連絡が何度も届いていたのだ。だけどすぐに報告して良かったと思えるくらい、柚葉は喜んでくれた。

『まーあたしの友達だから？　こんくらいはしてもらわなきゃって感じ！』

「よく言うよ、お前の大根演技のせいで最初危なかったろ！」

『ふっふふー、分かってないなー吉木』

「え？」

『昨日の結果、偶然に偶然を重ねたお陰って可能性は考えたぁ？』

その問い掛けに、俺は思考を巡らせる。

時間や天気、特に花園《はなぞの》のコンディション。仮に花園が柚葉モーニングモードのようにご機嫌斜めな日だったら、こうはならなかったはずだ。

それに、麗美《れみ》とのデートも外せない。

あの日に勇気を出せたのは、きっと俺のコンディションも最高だったのだ。

「考えた。確かに、色々恵まれたなあって」

『じゃああたしの大根演技も、その綿密な日に欠かせない要素だったとは思わない？』

「……確かに？」

『これぞナイスリカバリー！　あたしの舌に踊らされる吉木涼太《りようた》なのであった！』

「変な纏《まと》め方しないで⁉」

俺がツッコむと、柚葉はケラケラ笑う。

確かに、柚葉には今回も協力してもらった。そう考えたら柚葉への報告は義務のようなものか。

そう考えていると、不意に柚葉が柔和な声で言葉を紡いだ。

『吉木』

「……なんだよ」

電話先で、柚葉がスッと息を吸うのが分かった。

『……良かったね』

「……おう。色々ありがとな」

俺はそう礼を告げた。

電話を切る。
スマホの画面には、花園からの新規メッセージが届いていた。

Yuka『また明日。学校で会おうね』

メッセージから顔は見えない。
花園は今どんな表情をしてるんだろう。
どんな格好で、どんな体勢で。

——これからまた、新しい日常が始まる。

胸を躍らせながら、俺は視線を窓の外に送る。
真っ暗な天に敷き詰められた星は、街灯で大半が視認できない。
だけど、その中でも確かな光を届けてくれる星はある。
恋愛は、それを見つける行為なのかもしれない。
……早く夜が明けるといい。
そう思うのは、随分久しぶりだった。

◇◆◇◆

曇天の下。

屋上に二人の影が揺蕩《たゆた》っている。

二階堂《にかいどう》麗美、花園優佳《ゆうか》。

どちらも西台北《にしだいきた》高校の一年二組が誇る、容姿端麗な女子だ。

日頃殆《ほとん》ど交流がないはずの二人は、人気のない屋上で隣り合って座っていた。二人は特に荷物を持ってきておらず、ただ人目を避けるための場所が屋上だった。

「……訊《き》いてもいい？　どうしてあなた、涼太と付き合ったの」

麗美が問いを投げると、優佳は薄く口を開いた。

「……見せたくないところはずっと見せなくていいって、そう言われたんだ」

「へえ……涼太が」

優佳の返事に、麗美は感心したような声を出す。

自身のよく知っているはずの幼馴染《おさななじみ》が、いつの間にか大きく成長していることへの驚きだった。

麗美は自身の立ち振る舞いが変わったことで、幼馴染が些《いささ》か寂しそうにしていたのを想起する。

彼の気持ちの一端が理解できたような気がした。

「花園さんにも、見せたくないところとかあるんだ」

「あるよ、沢山。人によって、見せたくない部分は変わるけど」

「内容訊いていい？」

「どうして？　今の流れ、普通教えないと思うんだけど」

牽制《けんせい》するような声色だった。

だが麗美は聞き慣れた様子で、こともなげに肩を竦《すく》める。

「あの人が、あなたに迷惑かけないかなって」

対する花園優佳も、和やかな笑みを崩さない。

お互い、視線は交わさない。

まるでそれを崩せば、何かが起こるというように。

優佳は視線を麗美のピアスに向けた。

「……そのピアス、彼のとお揃《そろ》いだったりして」

「え？」

「彼、忘れてるだけかも？　似たようなものが家にあったんだ」

今度は麗美が眉を顰《ひそ》める番だった。

「……だったらなに？　あの人と付き合うのも、あなたの選択だから何も言わないけど
――」

「何も言えないし、何も言わせないよ」

優佳は腰を上げて、話を切り上げる。
有無を言わせないというように。
主導権はこちらにあるというように。
「だって、吉木君は私の彼氏なんだもん」
優佳は笑う。
麗美の瞳には、彼女は信頼たりえる女子とは映らなかった。

あとがき

この度は本作を手に取っていただき、誠にありがとうございます。

作者の御宮《おみや》ゆうと申します。

本作からの方は初めまして。

既刊からの方は、またお会いできて嬉《うれ》しいです。

本作はスニーカー文庫からは三シリーズ目になっております。

沢山ラブコメを書かせていただいて本当に光栄です。

この作品も、沢山の読者様に楽しんでいただけますように。

さて、肝心の本編はいかがでしたでしょうか？

恋愛における壁は沢山あると思います。

そんな中で「イイ感じの雰囲気な気がしたけど全然進展しなかった……」という〝あるある〟の後悔を思い出し、当作品が生まれました。（……え、あるあるですよね？）

三人のヒロインからイイ感じの雰囲気を感じていただけたら……そして一人でも琴線に触れるヒロインがいてくれたら、作者冥利に尽きますね。

ここからは謝辞になります。

担当編集K様。『カノうわ』、『このはの』に引き続き、本作も大変お世話になりました。既刊の一巻たちと比較すると、本作は最も執筆に苦労しましたが、お陰様で何とか書き上げられました。「あーでもないこーでもない」とヒロインを何回も生まれ変わらせるうちに、あっという間にスケジュールが……！　最後まで内容に拘《こだわ》る時間を確保いただき、ありがとうございました。

イラストレーターのえーる様。『カノうわ』から引き続き、えーる様にイラストを担当いただけることを心から嬉しく思います。前作に引き続き、ヒロインたちの魅力が倍増するイラストの数々……特にギャルのビジュアルが好きです！

今回もタペストリーやアクリルフィギュアが出るとのこと、今からとても楽しみです。

そして最後に読者の皆様。

こうして私が継続的に新作を出すことができるのも、ラブコメを愛している皆様のお陰です。ラブコメっていいですよね……！　その〝いい〟に本作も加えてもらえるよう、これからも沢山頑張ります。

（同日発売の『カノうわＡＳ』から来てくださった方々も、本当にありがとうございます！）

続きを読みたいと思ってくださった方は、ぜひＳＮＳやレビューにて作品を広めてくだされば幸いです。

それでは、また皆様に二巻でお会いできることを祈りつつ、あとがきを締めさせていただきます。

あとがき、イイ感じに書けたかな。

御宮　ゆう

あの頃《ころ》イイ感《かん》じだった女子《じょし》たちと同《おな》じクラスになりました

著　御宮《おみや》ゆう

角川スニーカー文庫　24338
2024年10月１日　初版発行

発行者　山下直久
発　行　株式会社KADOKAWA
〒102-8177 東京都千代田区富士見2-13-3
電話　0570-002-301（ナビダイヤル）

印刷所　株式会社暁印刷
製本所　本間製本株式会社

Printed in Japan　ISBN 978-4-04-115226-3　C0193

本書は、カクヨムに掲載された「あの頃イイ感じだった女子たちと同じクラスになりました」を加筆修正したものです。